334

# CHANTS

ET

## CHANSONS POPULAIRES

### DE LA FRANCE.

NOTICES PAR M. DU MERSAN.

~~·❀·~~

**TROISIÈME SÉRIE.**

1843

~~·❀·~~

## H.-L. DELLOYE, ÉDITEUR,

### LIBRAIRIE DE GARNIER, FRÈRES,

PALAIS-ROYAL, GALERIE VITRÉE, PÉRISTYLE MONTPENSIER.

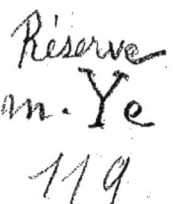

PARIS —FÉLIX LOCQUIN, IMPRIMEUR ET FONDEUR,
16, rue N.-D. des Victoires.

CHANTS
& CHANSONS POPULAIRES
DE LA
FRANCE.

H.-L. Delloye Éditeur

# LISTE DES CHANSONS

CONTENUES DANS CE VOLUME.

# INTRODUCTION.

Bornons ici cette carrière,
Les longs ouvrages me font peur :
Loin d'épuiser une matière,
Il n'en faut prendre que la fleur.

La Fontaine.

En prenant pour épigraphe ces vers du poète qui savait si bien choisir, et qui a cueilli dans le champ d'Esope, de Phèdre, de Pilpay, de Boccace, de l'Arioste et de Rabelais, toutes les fleurs qu'ils y avaient semées, nous tâcherons d'imiter sa prudente réserve, en nous arrêtant avant qu'on ne nous abandonne. Un grand homme a dit qu'il était plus facile de marcher que de savoir s'arrêter. Nous profitons de cette leçon. Ce n'est pas que nous croyions notre tâche terminée ; de tous côtés, les amateurs de chansons nous en demandent, nous en indiquent, et, s'il fallait contenter tout le monde, notre Recueil ne finirait jamais. Les trois volumes que nous avons terminés forment une série complète. Les livraisons ont paru à des époques fixes et rapprochées les unes des autres : nous offrirons maintenant plus de latitude à nos abonnés, en ne nous astreignant nous-mêmes à aucun mode de publication régulière.

Nous avons eu la preuve, par le succès soutenu de notre Recueil, que le choix et la variété de nos chansons avaient satisfait tous les goûts, et même répondu à toutes les fantaisies ; mais nous ne voulons pas effrayer les souscripteurs, par la crainte qu'ils auraient de le voir se prolonger indéfiniment.

Toutefois, nous leur offrirons de temps en temps des livraisons dans lesquelles nous n'admettrons que les chansons assez piquantes pour éveiller la curiosité générale, et quoique chacun ait eu le droit de choisir, par le soin que nous avons pris de rendre toutes nos livraisons indépendantes les unes des autres, en laissant au public la même liberté, nous croyons pouvoir assurer que ce qui nous reste à lui offrir ne lui sera pas moins agréable que ce que nous lui avons déjà donné.

La plus grande variété a présidé au choix de notre troisième volume, comme à celui des deux premiers. Qu'il nous soit ici permis d'en rappeler la preuve.

Aux amateurs de la chanson grivoise et bachique, nous avons donné *Le Cabaret; Plus on est de fous, plus on rit; Grace à la mode; La Pipe de tabac.*

Pour satisfaire les personnes qui aiment la romance et le genre gracieux, nous avons composé plusieurs livraisons avec *l'Education de l'Amour; Une Fièvre brûlante; Jeunes amants, cueillez des fleurs; Le Point du Jour; Le Pauvre Jacques; Dormez donc, mes chères amours.*

Les chansons épigrammatiques, les tableaux de mœurs, ceux qui peignent certaines époques, se retrouvent dans *Les Portraits à la mode; Le Relantamplan; La Prophétie Turgotine; La Gamelle; Le Réveil du peuple; La Nuit de la garde nationale.*

Le genre bouffon n'a pas été oublié; Vadé nous a fourni sa *Manon la couturière*; l'abbé de Lattaignant, *J'ai du bon tabac dans ma tabatière.*

La parodie et le genre burlesque ont apporté leur contingent dans la romance d'*Héloïse et Abailard* et dans la *Complainte de Fualdès.*

Nous nous sommes élevés jusqu'à la hauteur de l'hymne, en donnant cette belle composition qui, pour être née dans une circonstance politique qui rappelle de tristes souvenirs, n'en est pas moins pleine d'élévation et de poésie, et a mérité de survivre à son époque. Nous voulons parler de l'*Hymne à l'Être suprême*, dont les paroles ont surpassé en noblesse et en énergie celles de Chénier, dont la musique, due à la lyre de Gossec, se chante encore aujourd'hui dans nos temples catholiques, et dont la mélodie embellit les cantiques religieux.

La musique, dans notre recueil, est aussi agréablement variée que les paroles : si l'on y trouve de simples chansonnettes, des ponts-neufs, des airs faciles et naïfs, on y rencontre encore les chants délicieux de Grétry, de Dalayrac, de Della Maria, de Gaveaux.

Maintenant notre ambition est de faire mieux encore que nous n'avons fait; et puisque notre siècle a la prétention d'être celui du progrès, nous ne voulons pas encourir le reproche d'être arriérés ou rétrogrades. Nos artistes, moins pressés par la nécessité d'une publication hebdomadaire, attendront l'inspiration qu'ils étaient obligés d'appeler. Leurs crayons caresseront les sujets que leur imagination aura le temps d'embellir, et s'ils n'atteignent pas la perfection, ils tâcheront d'arriver à ce point qui distingue un ouvrage de commerce d'une œuvre d'art.

La première publication qui commencera notre quatrième série sera une hymne qui nous a été demandée par tous nos souscripteurs, cette MARSEILLAISE qui a eu tant de retentissement, qui s'est ennoblie sous nos drapeaux, et qui a si longtemps conduit nos bataillons à la victoire. Elle sera suivie d'un autre chant guerrier qui a eu sur les Français la même influence, qui date du temps de François Ier, de la bataille de Marignan, et qui fit dire à un historien contemporain que lorsqu'on le chantait, *les épées sortaient d'elles-mêmes du fourreau.* Puis, rentrant dans le domaine de la chanson proprement dite, nous retrouverons dans celles de Collé, de Gallet, les piquants couplets : *Chansonniers, mes confrères; On ne rit plus, on ne boit guère.* Nous chanterons avec Berquin et Albanèze : *Vivent les fillettes,* avec la reine Hortense et Dalvimare : *Un jeune troubadour, Fleuve du Tage.* Nous ne pouvons dire tout ce que nous fournirait encore le choix le plus épuré, dans la quantité de ce que nous pourrions publier. Nous nous adresserons au goût qui doit présider à tout ce que l'on offre à un public d'élite.

Celui qui écrit ces lignes ose se flatter que depuis qu'il a été chargé des notices tant soit peu littéraires qui accompagnent les chansons, il n'a pas démérité de la confiance de l'éditeur ni de l'indulgence des lecteurs ; il n'a épargné ni les soins ni les recherches pour y répandre quelque intérêt. Sa tâche n'était pas toujours facile, car il désirait instruire autant qu'amuser, et quelque frivole que soit une chanson, elle se rattache par son sujet, par son époque, par son auteur, à tant de choses, qu'il avait souvent autant d'embarras pour les dire que pour les bien dire.

Des chansons, regardées sous un certain rapport, sont des bagatelles ; mais ces bagatelles ont des points de contact avec la littérature, avec les mœurs, avec l'histoire.

Les chansons, plus que la comédie même, sont l'expression de l'esprit du jour, et le tableau des ridicules, des caprices, des fantaisies, des modes fugitives de la société. Les détails échappent à l'historien qui peint à grands traits, au moraliste qui trace des pages sévères, au philosophe, au politique ; ces détails sont cependant précieux pour l'observateur. Telle chanson lui apprend ce qu'il chercherait en vain dans de gros livres, et tel vaudeville conserve la seule trace d'un évènement, d'une découverte, de la pensée du peuple sur les actes du pouvoir, de son opinion sur de grands personnages. Beaumarchais a dit : *Ce qui ne vaut pas la peine d'être dit, on le chante.* On dirait plus justement : *Ce que l'on n'oserait pas dire, on le chante.*

On a fait une histoire du siècle de Louis XIV par les poésies et les chansons ; cet ouvrage anecdotique, par Sautereau de Marsy et Noël, a paru en 1793.

On aurait une histoire bien curieuse de la révolution faite de la même manière. Les vaudevilles de ce temps peignent l'esprit dominant non seulement année par année, mois par mois, mais pour ainsi dire jour par jour.

Sous le directoire, sous le consulat, sous l'empire même, la chanson continua d'exercer une sorte de police satyrique, et il est curieux de comparer celles que dictait l'enthousiasme vrai ou supposé à celles qui flagellaient les puissants de l'époque.

Le vaudeville avait alors pour sceptre une férule dont on redoutait les pointes.

Aujourd'hui le vaudeville et la chanson semblent avoir abdiqué leur empire. On n'entend plus sur nos théâtres de ces couplets dont la malignité faisait sourire ceux mêmes qu'elle attaquait, ou excitait leur colère quand les traits étaient trop blessants.

Le théâtre du Vaudeville fut fermé pendant trois jours pour les couplets de *Ne pas croire ce qu'on voit.* Ceux de la *Chaste Suzanne* firent dénoncer ses auteurs.

Le *Journal du petit Gautier*, l'*Ami du Roi*, les *Actes des Apôtres*, contiennent des chansons qui sont devenues de l'histoire.

On ne voit plus aujourd'hui circuler de ces *Noëls de cour* qui traduisaient au tribunal de l'opinion les vices ou les ridicules des personnages puissants. Les carrefours ne retentissent plus des refrains piquants des muses populaires.

Il faut espérer que ce n'est qu'un interrègne, et qu'au lieu de dire comme ce brave : *La garde meurt, mais ne se rend pas !* on dira : *La chanson se rend, mais elle ne meurt pas !*

On ne se donne plus la peine de rimer l'épigramme, on la met en feuilletons et en caricature.

On met aussi la chanson en *entr'actes*, et on en fait un bavardage qui, sous le nom de chansonnettes, se trouve n'être ni un vaudeville, ni une chanson.

Un grand nombre de sociétés chantantes existe pourtant encore, nous en avons donné dans une de nos dernières notices une sorte de statistique; mais l'abondance n'est pas la richesse. La chanson doit être libre, naître de l'à-propos, et la meilleure se perd dans la foule de celles qui l'entourent; c'est une perle qu'il faut chercher au milieu d'un monceau d'huîtres.

Quant à ceux qui croient devoir mépriser la chanson, ce sont des hommes qui, sous le prétexte d'*esprit positif*, prouvent *positivement* qu'ils n'en ont pas.

Les hommes d'état et les esprits élevés de nos jours n'ont pas dédaigné de sourire aux odes de Désaugiers et de Béranger, comme ceux de la Grèce et de Rome se délectaient en vidant les coupes des vins de Chios, de Cécube et de Falerne, avec des chansons d'Anacréon et d'Horace.

Que les Français gardent donc le goût des chansons, et nous leur donnerons de quoi chanter.

DU MERSAN.

# PHILIS, PLUS AVARE QUE TENDRE.

## AH? VOUS DIRAI-JE, MAMAN?

## L'AMOUR EST UN ENFANT TROMPEUR.

---

DESSINS PAR M. TRIMOLET. – GRAVURES PAR M. NARGEOT.

Musique arrangée pour le piano par M. H. Colet.

---

# NOTICE.

La Chanson Philis plus avare que tendre, est de Dufresny, auteur spirituel et original, qui était né avec un goût universel pour les Beaux-Arts, et qui cultivait avec succès la Poésie, la Musique, le Dessin, l'Architecture et la Peinture. Charles Rivière Dufresny, né en 1648, et fils d'une jardinière d'Anet, passait pour petit-fils d'Henri IV, et lui ressemblait. Il a donné plusieurs bonnes comédies au Théâtre-Français. Nous ne le considérons ici que comme Chansonnier, et il a le double mérite d'avoir fait de jolies Chansons et d'en avoir composé lui-même les airs qui sont très agréables. Sa Chanson Dans la vigne à Claudine, est une des plus piquantes, et on en emploie encore avec succès dans les Vaudevilles l'air qui a près de cent cinquante ans. Nous saisirons ici l'occasion de donner un supplément à notre Notice sur le Café, en rappelant que Dufresny a composé sur le même sujet une Chanson beaucoup mieux faite que celle de la pancarte que nous avons copiée. Elle est sur le même air que l'autre, et ce qu'il y a de singulier, c'est qu'il en a fait aussi, sur le même air, une contre le Café : on trouvera ces deux Chansons dans le troisième volume de ses Œuvres, page 494 et suivantes. Nous cédons au désir de donner un Couplet de chacune des deux :

Air : Les Bourgeois de Chartres.

| | |
|---|---|
| La divine ambroisie | Il est de ce breuvage, |
| Que Jupin inventa, | Ainsi que des amours; |
| Ce fut fève choisie, | Toujours on en dit rage, |
| Que Vulcain rissola. | Et l'on en prend toujours. |
| Momus la moulina, | Tel, tout haut, les blâma, |
| Pour réjouir la troupe. | Qui tout bas leur fit grace. |
| Neptune l'inonda, | Pour vous prouver cela, |
| la la, | la la, |
| Enfin Ganimedon, | De ce café, démon, |
| don don, | don don, |
| La versa dans la coupe. | Je vais prendre une tasse. |

Nous avons dit que Dufresny était spirituel et original. Il était aussi extrêmement ami de l'indépendance. Il avait à la cour plusieurs charges dont il se défit, ne pouvant s'accommoder de la contrainte de Versailles. Il vendit jusqu'à une rente viagère de 3,000 livres que Louis XIV lui avait fait avoir. Aussi ce Prince disait-il qu'il n'était pas assez riche pour faire la fortune de Dufresny. On sait que ne pouvant pas payer sa blanchisseuse, il l'épousa pour s'acquiter envers elle. Poète dans toute la force du terme, il fut toujours brouillé avec la Fortune. Un de ses amis lui disait : Pauvreté n'est pas vice. — C'est bien pis, répondit-il. Cependant, du temps du système de Law, se voyant sans ressource, il avait adressé au Régent un singulier placet, dans lequel il le priait de le laisser dans la pauvreté, afin qu'il restât dans le monde un homme qui pût retracer à la nation la misère dont ce Prince l'avait tirée. Le Régent ordonna au Contrôleur général de compter à Dufresny 200,000 francs. Il fit bâtir de cet argent une fort belle maison, qu'il appela la *Maison de Pline*. Il survécut peu à cette fortune, car il mourut en 1724, âgé de 76 ans.

---

Qui est-ce qui dans sa jeunesse n'a pas chanté la Chanson : *Ah! vous dirai-je Maman?*

Quelle jeune écolière n'a pas trouvé dans son solfège cet air si naïf, si simple, et cependant si gracieux, et qui se prête à tant de variations.

Voilà pourtant encore un air dont les professeurs, et même les érudits en fait de musique, ne connaissent pas l'auteur. Il est évident, par la facture, que cet air date d'une centaine d'années et qu'il est un de ceux qui peuvent faire dire qu'il n'y a pas un seul compositeur, si minime qu'il soit, qui n'ait fait en sa vie un chef-d'œuvre, ou du moins un air remarquable.

Les paroles sont aussi de l'époque des Bergers de Trumeaux. On y trouve un Silvandre, un bosquet, une houlette! Il est inconcevable combien les amours champêtres étaient à la mode dans les Chansons de cette époque, qui était si peu pastorale, et quel contraste il y avait entre les mœurs et la poésie.

Les petites maîtresses allaient au bal en habit de bergères, et se faisaient peindre en Chloris et en Lisette. De graves magistrats faisaient faire leur portrait en Coridon et en Tircis, avec une pannetière et une musette : mais les bergères avaient du rouge et des mouches, et les bergers une perruque à la brigadière.

Les moutons avaient au cou des rubans roses.

---

A la même époque, les dames de la cour et les demoiselles de l'Opéra chantaient en pinçant les lèvres :

> *L'Amour est un enfant trompeur,*
> *Me dit souvent ma mère.*

L'innocente Glycère lisait le *Sopha* de Crébillon fils, et les *Bijoux indiscrets* de Diderot; le beau Lycas était un D'Aiguillon ou un Richelieu.

Le *Devin du Village* de Jean-Jacques Rousseau faisait fureur.

Madame de Pompadour jouait à Choisy le rôle de Colette, et chantait un peu faux,

> *Si des galants de la ville*
> *J'eusse écouté les discours,*
> *Ah! qu'il m'eût été facile*
> *De former d'autres amours!*

Le Cardinal de Bernis écrivait l'*Épître aux Graces* et l'ode anacréontique de l'*Amour papillon*.

La mode des Idylles est passée; mais nous ne devons pas désespérer qu'elle revienne, et quant à ce contraste que nous avons remarqué entre les mœurs et les poésies d'une époque, nous en avons eu un exemple bien plus frappant au fort de la Révolution, où pendant que la tragédie se jouait dans les rues, on applaudissait au théâtre le *Conciliateur* ou l'*Homme aimable*, l'*Optimiste*, la *Matinée d'une jolie Femme*; les frais tableaux de *Paul et Virginie*, et la Pastorale gracieuse de l'*Amour filial*.

Les *Étrennes lyriques* de 1794, époque de la grande terreur, sont pleines de Chansons anacréontiques. Ce sont les *Dangers d'un baiser*, l'*Innocence et la Pudeur*, l'*Amour de ma Mie*, la *Vie Champêtre*, l'*Amitié*, *A la Rose*.

Notre siècle politique et spéculateur produit des Odes, des Poèmes emphatiques de six mille vers, des Rêveries, des Harmonies, et toutes sortes de Poésies vaporeuses. Une réaction littéraire ramènera peut-être bientôt le théâtre à *Rose et Colas*, *Annette et Lubin*, et la Chanson au goût de Ségur et aux graces de Parny.          DU MERSAN.

---

Les Recueils de Chansons ne donnent ordinairement que trois couplets de l'*Amour est un Enfant trompeur*. Nous en avons trouvé un quatrième peu connu, qui nous semble compléter la Chanson, et que nos lecteurs ne seront sans doute pas fâchés de trouver ici :

> *Lise a vu, dit-on, cet enfant*
> *Que redoutait sa mère,*
> *L'a-t-elle trouvé fort méchant?*
> *Elle en fait un mystère;*
> *Mais on sait bien qu'avec Colas,*
> *Lise, en rougissant, dit tout bas :*
> *Je ne crois plus ma mère.*

## L. AVARICIEUSE

Philis, plus avare que tendre,
Ne gagnant rien à refuser,
Un jour exigea de Sylvandre
Trente moutons pour un baiser.

Le lendemain, nouvelle affaire :
Pour le berger le troc fut bon ;
Car il obtint de la bergère
Trente baisers pour un mouton.

Le lendemain, Philis plus tendre,
Craignant de déplaire au berger,
Fut trop heureuse de lui rendre
Trente moutons pour un baiser.

Le lendemain, Philis peu sage
Aurait donné moutons et chien,
Pour un baiser que le volage
A Lisette donnait pour rien.

## LA CONFIDENCE

Ah! vous dirai-je, Maman,
Ce qui cause mon tourment ?
Depuis que j'ai vu Silvandre,
Me regarder d'un air tendre;
Mon cœur dit à chaque instant:
Peut-on vivre sans amant!

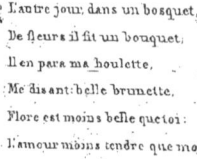

L'autre jour, dans un bosquet,
De fleurs il fit un bouquet;
Il en para ma houlette,
Me disant: belle brunette,
Flore est moins belle que toi;
L'amour moins tendre que moi.

Je rougis, et par malheur,
Un soupir trahit mon cœur:
Le cruel avec adresse,
Profita de ma faiblesse;
Hélas! maman, un faux pas
Me fit tomber dans ses bras.

Je n'avais pour tout soutien,
Que ma houlette et mon chien;
L'amour, voulant ma défaite,
Écarta chien et houlette:
Ah! qu'on goûte de douceur,
Quand l'amour prend soin d'un cœur.

LA CURIEUSE

L'amour est un enfant trompeur,
Me dit souvent ma mère:
Avec son air plein de douceur,
C'est pis qu'une vipère.
Je voudrais bien savoir, pourtant,
Quel mal si grand d'un jeune enfant
Peut craindre une bergère.

Je vis hier le beau Lucas
Assis près de Glycère:
Il lui parlait tout près, tout bas;
Et, d'un air bien sincère,
Il lui vantait un Dieu charmant:
Ce Dieu c'était précisément
L'enfant que craint ma mère.

Pour sortir de cet embarras,
Et savoir le mystère,
Cherchons l'amour avec Colas,
Sans rien dire à ma mère.
Et, supposé qu'il soit méchant,
Nous serons deux contre un enfant:
Quel mal peut-il nous faire?

AH! VOUS DIRAI-JE, MAMAN, avec accompag. de piano par M. H. COLET, professeur d'harmonie au Conservatoire.

Andante.

CHANT.

Ah! vous di–rai–je, ma—man, Ce qui cau-se

mon tour——ment! De-puis que j'ai vu Sil–van-dre

PIANO.

Me re–gar-der d'un œil ten-dre, Mon cœur dit à

chaque in——stant: Peut-on vi–vre sans a–mant?

(Procédés de Tantenstein et Cordel, 90, rue de la Harpe.) Fin.

Les couplets de PHILIS PLUS AVARE QUE TENDRE, se chantent sur l'air : *Réveillez-vous, belle endormie*, air
bien connu, et que le défaut d'espace ne nous a pas permis de donner ici.

L'AMOUR EST UN ENFANT TROMPEUR, avec accompag. de piano par M. H. COLET, profes. d'harmonie au Conservatoire.

L'amour est un en-fant trompeur, Me dit sou-vent ma

mè — re: A — vec son air plein de dou-ceur, C'est pis qu'u-ne vi —

— pè — re. Je vou-drais bien sa — voir, pourtant, Quel mal si grand D'un

jeune enfant, Peut craindre u-ne bergè — re, Peut craindre u-ne ber-gè — re.

# LE CABARET.

## COMMENÇONS LA SEMAINE.

## VERSEZ DONC, MES AMIS, VERSEZ.

———

### DESSINS PAR M. STEINHEIL,

GRAVURES : 1ᵣₑ ET 4ᵉ PLANCHES PAR BRUNELLIÈRE. — 2ᵉ ET 3ᵉ PLANCHES PAR M. DANOIS.

Musique arrangée avec accompagnement de piano par M. H. Colet.

———

# NOTICE.

Il faut contenter tous les goûts, plaire à chaque classe de lecteurs et de chanteurs, c'est ce qui nous a engagés à former une Livraison épicurienne, dont les refrains bacchiques animeront les desserts de quelques joyeuses réunions. Des trois Chansons que nous avons réunies, deux sont d'auteurs inconnus, quoiqu'elles soient restées dans la mémoire des amis de la gaité.

La Chanson : Voulez-vous suivre un bon Conseil, qui était surtout chantée par les militaires, est de M. Fabien Pillet, qui est aujourd'hui le vétéran, et peutêtre le doyen de la Chanson. Elle date de l'époque où l'auteur était à l'armée, et elle parut vers la fin de 1792, dans les Petites-Affiches de Ducray-Dumesnil. Plusieurs compositeurs s'en emparèrent, entre autres Chardini, et Ladurner, auteur de l'opéra de Wenzel, dont M. Fabien Pillet avait fait les paroles; mais l'air avec lequel elle est devenue populaire, est celui de la Ronde de Pierre-le-Grand, musique de Grétry : c'est celui que nous avons fait graver.

La Chanson du Buveur, dont le refrain est au cabaret, parut au commencement du siècle, elle eut une vogue étonnante, quoique les paroles n'en soient pas de la plus grande élégance, et que le poète y fasse rimer Pégase avec Parnasse; mais elle est pleine de verve, et l'air eut le plus grand succès. On l'employa dans les Vaudevilles, dans les Sociétés chantantes; Rougemont fit sur cet air sa Chanson intitulée : Le Roi du Cabaret. Cependant l'auteur de la Chanson et l'auteur de la Musique ont eu la modestie de ne pas mettre leurs noms sur la feuille musicale que publia l'éditeur Lemoine.

Même ignorance de notre part pour la franche et bonne Chanson : Commençons la Semaine; elle a une allure bourgeoise et sans façon, qui sent son bon vieux temps; mais si elle rime mal, on ne peut pas dire qu'elle n'a ni rime ni raison. Elle est une profession épicurienne d'un vrai sans-souci. Cette Chanson est beaucoup plus ancienne que les deux autres, puisqu'on y parle du Receveur des Tailles. La Taille était l'imposition levée au nom du Roi sur le peuple et les roturiers, elle ne fut abolie que sous le commencement du règne de Louis XVI, avec la Corvée et les Jurandes, sous le ministère de Turgot.

Lorsque l'Assemblée des Notables fut convoquée pour la seconde fois en 1788, elle donna lieu à plusieurs Épigrammes et à plusieurs Chansons, parmi lesquelles on doit remarquer la suivante, où il s'agit de la Taille. Elle est intitulée : De la Banqueroute des Notables, sur l'air des Fraises :

| | |
|---|---|
| Un grand voulut prouver que | Monsieur rit et répliqua, |
| La France est dans Versaille : | Si le Tiers est canaille; |
| Qu'il faut faire la banque- | Par fierté nous n'avons qu'à |
| route, et que le Tiers n'est que | Payer tout, pour lui, jusqu'à |
| Canaille    (ter) | La Taille.    (ter) |

Quant à notre Chanson, elle paraît avoir été faite sous Louis XV, et ne peut pas remonter plus haut que la fin du règne de Louis XIV, puisque l'on y parle de Baréme, qui est mort en 1703.

Voilà donc encore deux Poètes et deux Musiciens sur les œuvres desquels nous devrons inscrire comme les anciens Romains : Diis ignotis (Aux Dieux inconnus)!                     DU MERSAN.

VERSEZ DONC, MES AMIS, VERSEZ, avec accompag. de piano par M. H. COLET, professeur d'harmonie au Conservatoire.

CHANT. Voulez vous suivre un bon con - seil ? Buvez a-vant que de com-

PIANO.

- bat-tre, De sang froid je vaux mon pa – reil, Mais, quand j'ai bien bu j'en vaux qua-

- tre. Ver-sez donc, mes amis, ver-sez, Je n'en puis ja – mais as - sez

boi-re; Et versez donc, mes amis, versez, Je n'en puis ja-mais boire as - sez. Comme ce

2e COUPLET

Fin.

## LE BUVEUR

A boire je passe ma vie,
Toujours dispos, toujours content;
La bouteille est ma bonne amie
Et je suis un amant constant.
Au cabaret j'attends l'aurore
Du vin tel est l'heureux effet,
La nuit souvent me trouve encore
Me trouve encore au cabaret    *bis*

Si frappé de quelques alarmes,
Mon cœur éprouve du chagrin,
Soudain on voit couler mes larmes,
Mais ce sont des larmes de vin.
Je bois, je bois à longue haleine,
Du vin tel est l'heureux effet,
Le malheureux n'a plus de peine
N'a plus de peine au cabaret    *bis*

Si j'étais maître de la terre
Tout homme serait vigneron;
Au Dieu d'amour toujours sincère,
Bacchus serait mon cupidon,
Je ne peindrais plus sa mère,
Car de la gloire un juste arrêt
Ferait du temple de Cythère
Oui de Cythère un cabaret.    *bis*

Auteurs qui courez vers la gloire
Bien boire, est le premier talent,
Bacchus au temple de mémoire
Obtient toujours le premier rang
Un tonneau voilà mon pégase
Ma lyre un large roulot,
Et je trouve le Mont Parnasse
Le Mont Parnasse au cabaret.    *bis*

Commençons la semaine
Qu'en dis tu, cher voisin?
Commençons par le vin
Nous finirons de même
Vaut bien mieux moins d'argent
Chanter, danser, rire et boire,
Vaut bien mieux moins d'argent
Rire et boire plus souvent.

On veut me faire accroire
Que je mange mon bien
Mais on se trompe bien
Je ne fais que le boire
Vaut bien mieux, etc.

Si ta femme querelle
Dis lui pour l'appaiser
Que tu veux te griser
Pour la trouver plus belle
Vaut bien mieux etc.

Le recevenr des tailles
Dit qu'il vendra mon lit
Je me moque de lui
Je couche sur la paille
Vaut bien mieux etc.

Au compte de Barème ?
Je n'aurai rien perdu
Je suis venu tout nu
Je m'en irai de même
Vaut bien mieux etc.

Providence divine
Qui veilles sur nos jours
Conserve nous toujours
La cave et la cuisine
Vaut bien mieux etc.

## CHANSON MILITAIRE

Voulez-vous suivre un bon conseil?
Buvez avant que de combattre:
De sang-froid je vous un pareil,
Mais quand j'ai bien bu j'en vaux quatre.
Versez donc, mes amis, versez,
Je n'en puis jamais boire assez.

Comme ce vin tourne l'esprit!
Comme il vous change une personne!
Tel qui tremble s'il réfléchit
Fait trembler quand il déraisonne.
Versez donc, etc.

Ma foi, c'est un triste soldat
Que celui qui ne sait pas boire:
Il voit les dangers du combat;
Le buveur n'en voit que la gloire.
Versez donc, etc.

Cet univers, oh! c'est très beau:
Mais pourquoi dans ce bel ouvrage
Le seigneur a-t-il mis tant d'eau?
Le vin me plairait d'avantage.
Versez donc, etc.

S'il n'a pas fait un élément
De cette liqueur rubiconde,
Le seigneur s'est montré prudent:
Nous eussions desséché le monde.
Versez donc, mes amis, versez,
Je n'en puis jamais boire assez.

LE CABARET, avec accompagnement de piano par M. H. COLET, professeur d'harmonie au Conservatoire

-co - re, Me trouve encore Au ca - ba - ret, La nuit souvent me trouve en -

*F* *FF* *Sf* *P*

- co - re, Me trouve en - core Au ca - ba - ret.

*poco F* *F*

## COMMENÇONS LA SEMAINE.

*Allegro.*

CHANT.

Commen-çons la se-mai-ne, Qu'en dis-tu, cher voi sin ! Com-

PIANO.

- men-çons par le vin, Nous fi-nirons de même, Vaut bien mieux moins d'argent. Chanter

danser, rire et boi-re, Vaut bien mieux moins d'argent, Rire et boi-re plus sou-vent.

*Fin.*

Procédés de Tantenstein et Cordel, 90, rue de la Harpe.

Paris. Impr. de F. Locquin, 16, rue N.-D. des Victoires.

# LE RELANTAMPLAN TAMBOUR BATTANT,

## VAUDEVILLE DE LA SOIRÉE DES BOULEVARTS, PAR FAVART.

---

### DESSINS PAR M. TRIMOLET,

GRAVURES : 1re et 4e PLANCHES PAR M. NARGEOT. — 2e et 3e PLANCHES PAR M. BOSREDON.

Musique arrangée pour le piano par M. H. Colet.

# NOTICE.

Les Boulevarts et surtout le Boulevart du Temple, étaient, il y a quatre-vingts ans, la promenade à la mode. C'était là que la noblesse et la bourgeoisie, que les petits-maîtres de robe et d'épée, les femmes du plus haut rang et les filles de spectacles, donnaient leurs rendez-vous, étalaient leur luxe, et animaient ce lieu de plaisir par les contrastes les plus piquants.

Voltaire fait dire à son Pauvre Diable, enrichi par un immense héritage :

> Je conduisais ma Laïs triomphante,
> Les soirs d'été, dans la Lice éclatante
> De ce rempart, asile des Amours,
> Par Outrequin rafraîchi tous les jours.

Outrequin était l'entrepreneur de l'arrosement. Le rempart ou boulevart était bordé de cafés, de boutiques de marionnettes, de joueurs de gobelets, de danseurs de corde, et de toutes sortes d'amusements. Il y avait aussi des traiteurs, dont les salons servaient aux repas fins et aux parties de plaisir. Bancelin était le plus célèbre de ces traiteurs.

Voltaire a écrit sa satyre du Pauvre Diable en 1758, la même année que Favart donna la Soirée des Boulevarts. Les théâtres de Nicolet et d'Audinot n'étaient pas encore établis, ce ne fut qu'en 1760 que Nicolet fit bâtir le sien, le plus ancien de tous.

La pièce de Favart, à laquelle la Chanson dont le refrain est relantamplan sert de vaudeville, était une peinture fidèle, piquante et spirituelle du spectacle que présentait alors cette promenade, dont la physionomie a complètement changé.

Avant la Révolution de 1790, c'est à dire trente ans après la pièce de Favart, le Boulevart était encore à peu près tel que cet auteur l'a représenté. Pendant une vingtaine d'années, il a encore gardé un aspect original et amusant; mais ceux qui le voient aujourd'hui, ne peuvent plus avoir une idée de ce qu'il était alors. Les façades des théâtres, élevées, sévères, n'ont plus ce grand balcon sur lequel on faisait la parade, qui était quelquefois aussi amusante que les pièces de l'intérieur. Les cafés n'ont plus ces larges auvents, sous lesquels les consommateurs jouissaient de la vue des promeneurs, et leur servaient eux-mêmes de spectacle. On ne voit plus à la porte de Bancelin ces vieilleuses coquettes, coiffées de la marmotte, et portant leur vielle suspendue à un large ruban bleu, qui ont donné à Pain et Bouilly l'idée de leur pièce intitulée : Fanchon la Vielleuse, qui eut en 1800 un si prodigieux succès.

Maintenant, de hautes maisons d'un côté, de l'autre une longue rangée de marchandes d'oranges, de pommes, de sucre d'orge, de tisane, de punch et de glaces à un sou le verre, telles sont les limites entre lesquelles se promènent quelques bourgeois du Marais, et au milieu desquelles fourmillent des gens du peuple, et une multitude de gamins vêtus de la blouse inévitable, coiffés de la casquette obligée, et fumant le cigarre de rigueur.

Le bonnes d'enfants, même, ne dépassent plus la frontière du boulevart du Château-d'Eau.

C'est ainsi que Paris perd tous les jours une partie de sa physionomie pittoresque. Assurément nous ne regrettons pas, comme certains amateurs, les zigzags, les rues tortueuses et boueuses, les toits pointus et autres monstruosités de l'ancien temps; nous ne craignons pas que l'alignement des rues fasse de Paris un damier. Nous sommes heureux de voir embellir, assainir et régulariser la Capitale, de voir disparaître les labyrinthes de la Cité, abattre les masures qui servent de repaires aux malfaiteurs, et qui enlaidissent encore la misère qui les habite ; mais nous pouvons nous plaindre de la monotonie à laquelle on condamne nos yeux.

Plus de saltimbanques, de joueurs de gobelets, de chanteurs ni de musiciens ambulants, de montreurs de marionnettes et de curiosités, plus même la marmotte en vie, non plus que de chiens dansants et d'ânes savants, si ce n'est dans des endroits que la politesse nous défend de désigner. Et cependant on laisse vaguer de tristes enfants déguenillés, traînant au bout d'une ficelle quelque quadrupède méconnaissable. Ou nous laisse écorcher les oreilles par l'insupportable orgue, dit *de Barbarie*. Et pour compensation aux bouffonneries amusantes, dont la civilisation progressive nous a privés, on nous accorde des myriades de crieurs d'allu mettes chimiques !

Favart ne ferait pas aujourd'hui la *Soirée des Boulevarts* ; il est temps de revenir à lui. Favart a pris tous ses personnages dans la classe bourgeoise et dans le peuple, qui sont beaucoup plus gais que les gens à étiquette. Molière a si bien connu cette vérité, que sur ses trente pièces, il n'en a fait que six avec des sujets au-dessus de la bourgeoisie, et encore a-t-il eu le soin d'y mêler des personnages comiques.

Parmi ceux qui paraissaient dans la pièce de Favart, il y en eut un qui produisit le plus grand effet, quoique son rôle ne fût composé que de sept répliques. C'était celui de *M. Gobemouche*, joué par l'ini mitable CARLIN, cet acteur si spirituel, dont la pantomime était si expressive que le célèbre Garrick disait de lui : que son dos jouait la comédie. Il avait saisi la marche, le maintien, le ton, le geste des originaux qu'il traduisait sur la scène. Il représentait un nouvelliste qui n'avait à dire que : *Hé! mais..... — Messieurs.... — Hé, hé..... — Entendons-nous, Messieurs. — A dire la vérité. — Cela parle tout seul. — Entendons-nous.* Chaque phrase, chaque mot excitait le rire.

La pièce avait paru dans un moment où nos troupes avaient remporté de grands avantages sur les Anglais, avec lesquels la France était en guerre depuis deux ans. La paix ne se fit cependant que cinq ans après, en 1763, et l'on se rendit de part et d'autre ses conquêtes. C'était bien la peine de se battre pendant sept ans, pour en revenir au point d'où l'on était parti! Toutefois, il y avait dans la pièce des allusions très heureuses. Les Anglais ayant fait une descente à Saint-Brieuc en Bretagne, furent punis de leur audace par le duc d'Aiguillon, qui leur prit sept cents hommes, en fit tuer quatre mille, et les força de se rembarquer : ce qui fait chanter à une montreuse de curiosité, qui était jouée par Madame Favart :

> Dès qu'on est à leur poursuite,
> Ils regagnent pavillon.
> Pour les faire aller plus vite,
> Il leur faut un coup d'aiguillon.

Les avantages qu'on avait remportés sur les Anglais motivaient le vaudeville final et sa couleur militaire. Il était animé par la présence des soldats du régiment d'Orléans, qui s'était distingué dans cette affaire. Ce vaudeville, aussi gai que piquant, donne une idée du talent de Favart pour la Chanson, car toutes ses pièces contiennent non-seulement des couplets et des ariettes, mais de charmantes Chansons qui se perdent rien à être détachées des scènes qu'elles embellissaient. Cette Comédie et la suite que Favart lui donna l'année d'après, en contiennent de charmantes, parmi lesquelles on distingue : *Ainsi doit être un petit-maître*, *Le Lendemain*, et *Chansons, chansons*, la *Leçon d'une Mère à sa Fille*, donnée dans notre 50e li vraison, et *Le Relantamplan*, que nos lecteurs vont juger. Dans ce temps là on faisait des Comédies où il y avait des vaudevilles, maintenant on fait des Vaudevilles où il n'y a pas de couplets.

DU MERSAN.

———❀✿❀———

Les Recueils de Chansons ne contiennent que les couplets que nous avons fait graver ; mais nous ne vou lons pas priver nos lecteurs des trois suivants, qui sont dans la pièce de Favart :

| **Un Barbier.** | **Un Soldat.** | |
|---|---|---|
| A la besogne je m'apprête, | Lorsque la guerre diminue | Hussards d'amour, votre milice |
| Et mon rasoir aura le fil, | Le nombre des soldats d'Cypris, | A, comme nous, l'esprit grivois; |
| Aux ennemis j' lav'rai la tête; | A l'Opéra faites recrue, | A peine est-on dans le service, |
| A savonner je suis subtil. | Jeunes coquettes de Paris : | Qu'on fait déjà nombre d'exploits. |
| Tout aussi sûr qu'un Roi de Garbe, | Là vous enrôlerez sans peine | Adroite et prompte à l'exercice, |
| En arrivant au régiment, | L'homme de robe et le traitant : | Fille s'instruit en un instant, |
| Reli, relan, | Reli, relan, | Reli, relan, |
| Je veux à tous faire la barbe, | Relantamplan, on vous les mène | Dès quatorze ans, la plus novice, |
| Relantamplan, tambour battant. | Relantamplan, tambour battant. | Mène un galant, tambour battant. |

RELAN TAMPLAN, TAMBOUR BATTANT.

Je veux au bout d'une campagne,
Te voir déjà joli garçon;
Des héros que l'on accompagne,
On saisit l'air, on prend le ton;
Des ennemis, ainsi qu' des belles
On est vainqueur en l'imitant.
    Et r'li, et r'lan
On prend d'assaut les citadelles,
Relan tamplan, tambour battant.

Braves garçons que l'honneur mène,
Prenez parti dans Orléans;
Not' Coronel, grand capitaine,
Est le patron des bons vivans.
Dam' il fallait le voir en plaine
Où le danger était le plus grand.
    Et r'li, et r'lan
Lui seul en vaut une douzaine,
Relan tamplan, tambour battant.

Nos officiers dans la bataille
Sont pêle-mêle avec nous tous ;
Il n'en est point qui ne nous vaille,
Et les premiers ils sont aux coups.
Un général, fut-il un Prince,
Des grenadiers se met au rang.
        Et r'li, et r'lan,
Fond sur l's'ennemis et vous les rince ;
Rélan tamplan, tambour battant.

Vaillant et fier sans arrogance,
Et respecter ses ennemis ;
Brutal pour qui fait résistance,
Honnête à ceux qui sont soumis ;
Servir le Roi, servir les Dames,
Voilà l'esprit du Régiment.
        Et r'li, et r'lan,
Nos grenadiers sont bonnes âmes,
Et vont toujours tambour battant.

Viens vite prendre la cocarde;
Du régiment quand tu seras.
Avec respect j'veux qu'on te r'garde:
Le Prince est le chef, et j'sons les bras.
Par le courage on se ressemble:
J'ons même cœur et sentiment.
      Et r'li, et r'lan,
Droit à l'honneur j'allons ensemble,
Relan tamplan, tambour battant.

La jeune Agnès devint ma femme,
J'étais le maître à la maison;
Au bout d'un mois changeant de gamme,
Elle fut pire qu'un dragon.
Pauvres époux, voyéz ma peine,
Si je m'échappe un seul instant.
　　Et r'li, et r'lan
Relan tamplan elle me méne
Relan tamplan, tambour battant.

Quand un mari fait bon ménage,
Que de sa femme il est l'amant,
Frauder ses droits est un outrage,
Que l'on excuse rarement.
S'il va courir la prétentaine,
Ne peut-on pas en faire autant?
　　Et r'li, et r'lan
Relan tamplan, on vous le méne
Relan tamplan, tambour battant.

LE RELANTAMPLAN TAMBOUR BATTANT, avec accompag. de piano par M. H. COLET, profes. d'harmonie au Conservatoire.

Je veux, au bout d'u - ne cam-

- pa - gne, Me voir dé - jà jo - li gar - çon; Des hé - ros

que l'on ac- com - pa - gne, On sai- sit l'air, on prend le ton; Des en- ne-

-mis, ain-si qu'des bel-les, On est vain-queur en l's'i-mi-tant, Et rli,

et rlan, On prend d'as-saut les ci-ta-

-del-les, Re-lan-tan-plan, tam-bour bat-tant.

Procédés de Tantenstein et Cordel, 90, rue de la Harpe.

Fin.

Paris. Imp. de F. Locquin, 16, rue N. D. des Victoires.

# LES PORTRAITS A LA MODE,

## VAUDEVILLE DE LA RESSOURCE DES THÉÂTRES,

### PAROLES ET MUSIQUE DE FAVART.

---

### DESSINS PAR M. TRIMOLET,

GRAVURES : 1re ET 4e PLANCHES PAR M. NARGEOT. — 2e ET 3e PLANCHES PAR M. LALLEMAND.

Musique arrangée pour le piano par M. H. Colet.

---

## NOTICE.

La Chanson des Portraits à la Mode eut dès son apparition un succès extraordinaire. L'Almanach des Théâtres, en rendant compte de la Ressource des Théâtres, prologue pour l'ouverture de l'Opéra-Comique, auquel ces couplets servaient de vaudeville, dit : Ce Prologue est terminé par une contredanse bourgeoise, nommée les Portraits à la Mode, et par des couplets sur l'air de cette contredanse; ils ont fait le plaisir le plus vif, et ont été chantés pendant une bonne partie de la Foire. De la bouche des acteurs, ils ont passé dans celle du peuple, qui les a répétés et parodiés pendant toute l'année. C'était en 1760.

L'air et les paroles étaient de Favart, ainsi que l'indique la note mise au bas des couplets, dans ses Œuvres.

Cette Chanson peint les mœurs du temps, et c'est ce qui a fait dire par un de nos Académiciens, dans son discours de réception, que si l'histoire d'un peuple était perdue, on la retrouverait dans ses Comédies, et à un autre, qu'on la retrouverait dans ses Vaudevilles.

Cette assertion nous paraît un peu paradoxale, surtout si on lui donne une trop grande extension; mais il est vrai que le Vaudeville, en frondant les abus et les ridicules du moment, constate au moins l'époque de leur règne. Cependant, il y a des travers qui ne passent point aussi rapidement que les modes, et la Chanson de Favart serait encore aujourd'hui un fort bon apropos. Ce qui motiva son titre, fut la mode des Silhouettes, portraits ainsi appelés du nom du contrôleur général et ministre d'état Silhouette, qui vint aux finances en 1759. C'était dans des temps difficiles; une guerre ruineuse avait épuisé les coffres du Roi et les ressources des particuliers. Silhouette voulut réparer ces maux par des réformes et par l'économie. Loin de lui savoir gré de ses intentions, on les tourna en ridicule. Toutes les modes prirent la tournure de la sécheresse et de la mesquinerie. Les surtouts n'avaient point de plis; les tabatières étaient de bois brut; les portraits furent des visages tirés de profil avec un crayon noir, d'après l'ombre de la chandelle ou découpés sur un papier noir que l'on collait sur un fond blanc; c'est à quoi fait allusion la fin de ce couplet :

> On fait la figure avec des ciseaux,
> On nous rend aussi noirs que des corbeaux,
> Voilà les portraits à la mode.

On ne se borna pas à faire de ces portraits un objet de plaisanterie, on en décora même quelques ouvrages sérieux. J'ai vu un exemplaire de l'Histoire de la Décadence et de la Chute de l'Empire romain, par le célèbre Gibbon, où cet historien est représenté en silhouette, avec cette note au dessous de son portrait : M. Gibbon, triturant une prise de tabac. Le portrait de Gibbon, ainsi vu de profil, était une chose d'autant plus singulière, que l'on sait que son nez, extrêmement court, se perdait dans une face très volummense et dans des joues d'une forte dimension. Et à ce propos, on peut se rappeler l'anecdote de Madame Du Deffant, qui, étant aveugle, avait la manie de vouloir juger des physionomies, en tâtant les visages. Ayant désiré de tâter celui de Gibbon, il se prêta à cette fantaisie; mais Madame Du Deffant n'eut pas plutôt senti les deux formes rondes qu'elle avait sous la main, qu'elle s'écria : **Ah! Messieurs, quelle horrible plaisanterie.**

Nous avons à la tête de l'ouvrage en quatorze volumes du savant numismatiste Christophe Rasche, intitulé : **Lexique universel de la science des Médailles,** son portrait en silhouette. La mode de ces portraits dura plus longtemps que le règne du contrôleur général, car peu de temps avant la Révolution, on en faisait encore; et sous le Directoire, et au commencement de l'Empire, on a vu un pauvre homme qui gagnait sa vie en allant dans les cafés, et surtout à Tivoli, et qui, en quelques coups de ciseaux, faisait en silhouette un profil assez ressemblant, qu'il venait offrir pour une modique rétribution.

Personne n'ignore que ce fut, dit-on, l'origine de la peinture. On raconte que Dibutade, jeune fille de Sycione, voulant conserver les traits de son amant qui allait partir pour un voyage, imagina de tracer son ombre dont le profil se dessinait sur la muraille par la lumière d'une lampe; son père, qui exerçait la profession de potier, admirant cette invention, appliqua l'argile sur ces traits, en observant leurs contours, et produisit ainsi la sculpture en bas-relief.

Il y avait donc à peu près deux mille ans que la Silhouette avait été inventée par l'amour, quand elle reparut tracée par la main de la satyre. Ainsi fut payé par la nation ou plutôt par quelques étourdis qui prétendaient la représenter, un homme dont les vues étaient sages, mais dont il est vrai que les idées ne pouvaient guère être exécutées au milieu d'une guerre qui exigeait de l'argent et du crédit.

Silhouette, ayant quitté sa place après neuf mois d'exercice, se retira dans sa terre de Brie-sur-Marne, où il vécut en philosophe, et se consola de n'avoir pu être utile à la nation, en répandant des bienfaits sur ses vassaux, et profitant de toutes les occasions de faire le bien. Il mourut le 20 janvier 1767, et peu de personnes savent que c'est à lui qu'on doit les **Portraits à la Mode.**

On sera peut-être bien aise aussi de savoir ce qu'c'étaient que les calotins et les pantins, dont parle le premier couplet.

Le régiment de la **Calotte** avait été formé par une joyeuse bande d'hommes d'esprit, qui constitua une espèce de police. Il eut pour premiers chefs, Aymon, un des douze portemanteaux de Louis XIV, et Torsac, exempt des gardes du corps; il dura depuis les dernières années de ce prince, jusque sous le ministère du cardinal De Fleury. Bientôt, on envoya le brevet de la calotte à ceux qui s'étaient couverts de quelque ridi cule. Le régiment de la Calotte avait pour devise : **C'est régner que de savoir rire,** et en effet, l'esprit de ses membres le rendait très redoutable. On a publié à Bâle, en 1725, des **Mémoires pour servir à l'histoire de la Calotte,** recueil très piquant de vers et de chansons. On a donné dans le **Magasin Pittoresque,** année 1841, page 289, le portrait d'Aymon, premier généralissime du régiment de la Calotte, d'après Coypel fils. Il mourut à Versailles en 1731, à l'âge de 74 ans.

Les **Pantins** furent une mode de la Régence. Madame De Staal ne l'a pas oublié dans sa jolie comédie de l'**Œngouement,** où elle a peint le caractère de la Duchesse de La Ferté. Ces pantins étaient des figures de carton dont des fils faisaient jouer les bras et les jambes, et que l'on donne encore aujourd'hui aux enfants : mais à cette époque, ils étaient dans toutes les mains; et dans un salon, au milieu d'une conversation, il n'était pas étonnant de voir un officier ou un grave magistrat faire danser un pantin. C'est sans doute de ce temps que date la Chanson :

> **Que Pantin serait content**
> **S'il avait l'art de vous plaire.**
> **Que Pantin serait content**
> **S'il vous plaisait en dansant.**

Aux pantins ont succédé les bilboquets, les émigrants, les diables, dont nous aurons occasion de parler, car le chapitre des folies à la mode n'est pas près de finir. DU MERSAN.

## LES PORTRAITS A LA MODE

Toujours suivre avec uniformité,
Le naturel et la simplicité,
Ne point aimer la frivolité,
C'était la vieille méthode :
J'ai peuplé Paris de mes Calotins (1)
Je les fais courir après des pantins,
J'amuse aujourd'hui leurs goûts enfantins
Avec les portraits à la mode.

Valet modeste au service d'un grand,
Marquis du bel air soutenant son rang,
Marchand qui ne s'élevait pas d'un cran,
C'était etc.
Laquais insolents portant des plumets,
Les plus grands seigneurs vêtus en valets,
Des fils d'artisans en cabriolets,
Voilà etc.

Graves magistrats s'occupant des loix,
Riches financiers vivant en Bourgeois,
Commis sans orgueil dans de hauts emplois,
C'était etc.
Gentils Conseillers courant les concerts,
Financiers qui tranchent des Ducs et Pairs,
Et petits commis prenant des grands airs,
Voilà etc.

(1) Voir la notice pour l'origine de ce mot

Les nymphes d'amour craignaient les brocards,
Cachaient avec soin leurs galants écarts,
Et pour la décence avaient des égards.
C'était etc.
On voit aujourd'hui ces objets charmants,
Avec leurs chevaux et leurs diamants,
Tirer vanité d'avoir des amants.
Voilà etc.

Livrer la jeunesse à de doux loisirs,
En sachant toujours régler ses désirs,
Mais à soixante ans quitter les plaisirs
C'était etc.
Des adolescents cassés et tremblants,
Des femmes coquettes en cheveux blancs,
Et de vieux barbons qui font les galants
Voilà etc.

L'hermine marquait un sçavoir profond,
La vertu brillait sous un habit long,
Et la bourgeoisie était sans façon,
C'était etc.
Je peins l'ignorance en manteau fourré,
Je peins le plaisir en bonnet carré,
Je peins la roture en habit doré.
Voilà etc.

Le faste n'était que pour la grandeur,
Les gens à talent n'avaient point l'ardeur,
De vivre comme elle dans la splendeur.
C'était etc.
Dans ce joli siècle colifichet,
Un petit danseur, un tireur d'archet,
En Phaéton va courir le cachet.
Voilà etc.

A
MON CHER
PETIT FRERE
LE JOLI
JOUR
DE SA
NAISSANCE

PRIX 25 LIVRES · 6 S.

En habit lugubre le médecin
Traitait gravement son art assassin,
Une aulne composait tout son train.
C'était etc.
Chargés de bijoux plus que de latin,
De petits Docteurs ont le ton badin,
Et vont dans un char verni par Martin
Voilà etc.

Avant de rimer, trouver un sujet,
Avoir le bon sens pour premier objet,
Avec intérêt remplir son projet.
C'était etc.
Sans ces règles là toujours nous brillons,
Héros des Corneille et des Crébillon,
En bel oripeau nous vous habillons,
On vous met en vers à la mode.

Les fameux artistes dans leurs tableaux
Savaient exprimer les traits les plus beaux,
Le goût conduisait leurs savans pinceaux
C'était la vieille méthode.
A présent tout est pièces et morceaux,
On fait la figure avec des ciseaux,
On nous rend aussi noirs que des Corbeaux.
Voilà les portraits à la mode.

BREVETÉ PAR LE ROY
PORTRAITS A 2 SOUS
EN MINUTES

LES PORTRAITS A LA MODE, avec accompag. de piano, par M. H. COLET, profes. d'harmonie au Conservatoire.

CHANT.

*Allegro.*

Tou-jours suivre a - vec u-ni-for-mi - té Le na-tu-rel

PIANO.

et la sim-pli - ci-té, Ne point ai-mer la fri-vo-li-

- té, C'é-tait la vieil-le mé-tho - de J'ai peu-plé Pa - ris de mes ca - lo-

- tins, Je les fis cou-rir a-près les pan-tins; J'amuse aujourd'hui leurs goûts en-fan-

- tins A -vec les por-traits à la mo - de.

Pressez.

Procédés de Fantenstein et Cordel, 90, rue de la Harpe.

Fin

Paris, Imp. de F. Locquin, 16, rue N.-D. des Victoires.

# LA COUR ORDINAIRE

## D'une Femme de l'extrêmement bonne Compagnie,

### CHANSON ATTRIBUÉE A BEAUMARCHAIS,

**Musique du même Auteur.**

———

**DESSINS PAR M. STEINHEIL,**

GRAVURES : 1ʳᵉ et 4ᵉ PLANCHES PAR M. NARGEOT. — 2ᵉ et 3ᵉ PLANCHES PAR M. ROZE.

———

# NOTICE.

Nous avons déjà dit qu'on trouvait dans les Chansons l'histoire des mœurs, et le tableau des modes fugitives dont le règne si court laisse à peine derrière lui quelques traces. Vers le milieu du siècle dernier, les vapeurs furent une maladie extrêmement à la mode. Une femme de bon ton ne pouvait se dispenser d'avoir au moins une fois la semaine ses Vapeurs. Elle disait : J'ai mes Vapeurs, comme : J'ai ma petite loge à l'Opéra. Cette journée servait à une petite maîtresse, pour se débarrasser des importuns et ne laisser entrer que les personnes qu'elle favorisait de son intimité. Caraccioli n'a pas oublié cette fantaisie dans son piquant ouvrage intitulé : le Livre à la Mode, imprimé en quatre couleurs. Nous trouvons le passage suivant, dans la nouvelle édition en rouge, marquetée, polie et vernissée, imprimée en 1759 :

Il faut aujourd'hui des doses continuelles d'hypocondrie, surtout chez nos sages de vingt ans, et des magasins DE VAPEURS chez nos prudes de dix-sept. On est malade, sans savoir où l'on a mal ; on souffre sans s'apercevoir qu'on souffre ; mais on le dit : et le visage s'ajustant au discours, on meurt à chaque quart d'heure, en mangeant, et vivant toujours.

Une dame singulièrement aimable arrange sa vie avec un art et une prévoyance si admirables, que rien n'est plus délicieux que le tissu des quarts d'heures qui forment la chaîne de ses beaux jours. Elle sonne le matin LA CLOCHE AUX VAPEURS ; car elle en a autour de son lit pour tous les besoins et pour toutes les maladies.

Poinsinet, dans sa jolie comédie du Cercle ou la Soirée à la Mode, jouée en 1764, a introduit un médecin qui définit ainsi les Vapeurs :

De la pesanteur, des dégoûts..... m'y voici.... quelques éblouissements.... des impatiences de fibres...., VAPEURS que tout cela, Vapeurs.... le fluide nerveux que la chaleur électrise..... des nerfs qui se crispent..... une sorte de spasme...... Vapeurs.

Beaumarchais fait dire à Figaro, dans la Folle Journée :

Les femmes du commun n'ont guère de Vapeurs ; c'est un mal de condition qui ne prend que dans les boudoirs.

Mais les femmes n'étaient pas les seules qui voulussent avoir cette maladie de bon goût, et les hommes à la mode en affichaient la prétention.

Un pauvre diable qu'on traitait de fou et d'insensé, étant interrogé par une dame de qualité, lui répond : Madame, parce que je suis pauvre, on dit que je suis fou : mais si j'étais bien riche, on dirait que j'ai des Vapeurs.

L'abbé Mongault, l'un des précepteurs du duc d'Orléans, Régent, était très vaporeux. C'était un homme de naissance, qui avait de l'esprit, des lumières et de la probité. Un jour on lui demandait ce que c'était que les Vapeurs dont il se plaignait : C'est une terrible maladie, dit-il, elle fait voir les choses telles qu'elles sont.

Les Vapeurs durèrent à Paris jusqu'à la Révolution de 1789, et disparurent à cette époque, avec beaucoup d'autres abus de l'ancien régime. A peine sait-on aujourd'hui ce que c'est.

Cependant, cette mode qui fit fureur surtout sous Louis XV, n'était pas tout à fait nouvelle en France, elle y avait été apportée dès le règne de Louis XIII, par l'abbé Ruccelai, gentilhomme florentin, qui avait été introduit à la cour par le maréchal d'Ancre. Sa délicatesse en toutes choses allait à l'excès. Il ne buvait que de l'eau, mais qu'il fallait pour ainsi dire choisir goutte à goutte. Un rien le blessait. Le soleil, le serein, le chaud, le froid, ou la moindre intempérie de l'air, altérait sa constitution. La seule appréhension de tomber malade, l'obligeait à se mettre au lit.

Le chartreux Dom Bonaventure d'Argone, qui donne ces détails dans ses 𝕸élanges d'𝕳istoire et de 𝕷ittérature, publiés sous le nom de Vigneul-Marville, dit que c'est à lui que nos médecins sont redevables de l'invention des Vapeurs ; cette maladie sans maladie qui fait l'occupation des gens oisifs, et la fortune de ceux qui les traitent. L'abbé Ruccellai fut le premier modèle de ceux qu'on appela petits-maîtres.

La Chanson qui motive cette Notice, et dont le refrain est :

𝕴'ai des 𝖁apeurs quand un amant soupire,

est attribuée à Beaumarchais, dans le Chansonnier français, intitulé : 𝕬nacréon en belle humeur, sous le titre de la 𝕯ame difficile. Elle n'est pas imprimée dans ses Œuvres ; mais beaucoup de pièces fugitives échappées à la plume de cet écrivain spirituel et original et disséminées dans divers recueils, n'y ont pas été insérées. Toutefois, si cette Chanson n'était pas de lui, ce qui n'est pas prouvé, elle est de son temps, puisqu'elle a été faite sur un air de sa composition : car Beaumarchais était aussi musicien.

La musique était l'un de ses goûts les plus vifs, il jouait de plusieurs instruments, et avec supériorité, de la harpe et de la guitare, ce qui commença sa fortune, en le faisant admettre dans la société de Mesdames, filles de Louis XV. L'air sur lequel notre Chanson a été faite, est celui d'une autre Chanson dont Beaumarchais avait composé les paroles et la musique ; elle parut en 1775, et eut la plus grande vogue, quoiqu'elle fut assez ordurière, et peutêtre même par cette raison. On prétend que Beaumarchais s'est peint lui-même dans ces couplets, dont nous ne pouvons donner que le premier :

𝕿oujours, toujours, il est toujours le même ;
𝕵amais 𝕽obin
𝕹e connut le chagrin :
𝕷e temps noir ou serein,
𝕷es jours gras, le carême,
𝕷e matin ou le soir,
𝕯ites blanc, dites noir ;
𝕿oujours, toujours, il est toujours le même.

Cette Chanson inspira à Marmontel la parodie suivante :

𝕿oujours, toujours, il est toujours le même,
𝕮e polisson,
𝕼ui se croit beau garçon.
𝕺n voit dans sa chanson
𝕾on impudence extrême.
𝕼uand 𝕿hémis le flétrit,
𝕷oin d'en être contrit,
𝕿oujours, toujours, il est toujours le même.

On sait qu'en 1774, Beaumarchais avait été condamné à être blâmé et amendé dans le fameux procès contre M. Goësman, qui lui avait fait produire ces Mémoires si piquants et si spirituels, chefs-d'œuvre de plaisanterie, de discussion et d'éloquence.

Beaumarchais dut la plupart de ses succès à sa hardiesse. Des Anglais, étonnés de l'énergie qu'il montrait sous un gouvernement absolu, lui écrivirent : 𝕬 𝕸. de 𝕭eaumarchais, le seul homme libre qu'il y ait en 𝕱rance ; et ces lettres lui furent remises. On ne peut nier qu'il n'eût beaucoup de talent. Certaines gens prétendaient qu'il n'avait que du bonheur. L'un d'eux dit un jour : Beaumarchais sera pendu. Une femme d'esprit répondit : Oui, mais la corde cassera.                 DU MERSAN.

LES VAPEURS.

Hier Lindor, du jeu toujours martyre,
Perd sur un as.
Plus de mille ducats.
Je vois son embarras.
Il veut que je l'en tire.
Il me jure avec feu,
Qu'il déteste le jeu...
« Qu'il y renonce à jamais, qu'il ne veut plus
« aimer que moi ... et je lui réponds.
J'ai des vapeurs, quand un amant soupire.

A ma toilette, un abbé me fait rire :
Mon perroquet
Retient tout son caquet :
Mon singe est plus coquet.
Depuis qu'il vient l'instruire :
Mais il m'offre son cœur,
Percé d'un trait vainqueur...
« Ah ! vite un flacon : éloignez vous, l'abbé :
« vite, vite, retirez-vous ... un flacon : car ....
J'ai des vapeurs, quand un abbé soupire.

Un Président s'en vient un jour me dire
    Dieux que d'appas !
    On n'y résiste pas.
    Et puis, d'un ton plus bas ;
    Aimez, belle Thémire,
    Un peu de volupté
    Sied bien à la beauté....
« Vous allez médire des fâcheux ! ah !
« Président... déjà le cœur me manque... car
J'ai des vapeurs, quand un Robin soupire.

Un beau marquis, que tout le monde admire,
    Me divertit,
    Il chante, il danse, il rit.
    Il conte avec esprit.
    Il folâtre, il se mire.
    Quelque fois d'un air doux,
    Il tombe à mes genoux...
« Mais Marquis, vous êtes fort ! levez vous,
« levez vous donc, ou je vais sonner ! car
J'ai des vapeurs, quand un marquis soupire.

Un financier, n'allez pas en médire
    Me traite au mieux,
    Ses soupers sont joyeux;
    Son champagne mousseux,
    En pétillant l'inspire:
    Mais dès qu'il s'attendrit,
    Tout son feu me transit.
« Fi donc!un fermier général qui fait ainsi
« l'enfant!d'honneur je ne reviendrai plus
« dans votre petite maison...car
J'ai des vapeurs,quand un traitant soupire.

Il est charmant,partout on le desire,
    Mon médecin,
    C'est un être divin!
    Ses doigts,d'un blanc satin,
    S'exercent sur ma lyre,
    Un jour, en consultant,
    Sa main me serra tant....
« que je ne puis m'empêcher de crier
« ah! docteur, ma tête!mes nerfs!
« ménagez-moi....car....
J'ai des vapeurs,quand un docteur soupire.

Certain rimeur, que j'ai pris pour me lire,
Vient à son tour,
Pour me faire la cour.
Qu'il est gauche en amour.
Dans son plaisant délire !
Il se met en fureur,
Ses transports me font peur.
« Monsieur le bel esprit je vous permets tous les écarts
« poétiques, mais non ceux de cette nature... car,
J'ai des vapeurs, quand Apollon soupire.

J'ai des vapeurs, sitôt que l'on soupire.
De déplaisir,
L'amour me fait mourir.
Ne pouvez vous languir,
Messieurs, sans me le dire ?
Épargnez la fadeur,
Trêve de vive ardeur !..
« Mais, messieurs, mais ne m'ennuyez p...
« vingt amans de moins ne doivent pas
« donner la migraine à une jolie femme...
J'ai des vapeurs, quand un galant soupire.

**LES VAPEURS**, avec accompagnement de piano par M. H. COLET, professeur d'harmonie au Conservatoire.

CHANT.

Hi — er Lin — dor, du jeu tou-jours mar —

PIANO.

— ty — re, Perd, sur un as, Plus de mil-le du — cats Je

vois son em-bar - ras, Il veut que je l'en ti-re; Il me jure a-vec

feu Qu'il dé - tes - te le jeu; (*Parlé.* Qu'il y renonce à jamais, qu'il ne veut plus aimer que moi... et je lui réponds: J'ai

des va - peurs quand un a-mantsou - pi - re.

2e COUPLET.

A

Fin.

Procédés de Tantenstein et Cordel, 90, rue de la Harpe.

Paris. Imp. de F. Locquin, 16, rue N.-D. des Victoires.

# LES VÉRITÉS GASCONNES

## PAR M. P.-J. CHARRIN.

---

### DESSINS PAR M. TRIMOLET,

#### GRAVURES PAR M. WOLFF.

Musique arrangée avec accompagnement de piano par M. H. Colet.

---

# NOTICE.

Les réputations chansonnières ne se bornent point à l'Ancien Caveau et au Caveau Moderne. Ces deux Sociétés eurent une digne rivale dans la Société de Momus, qui comptait parmi ses membres des hommes de beaucoup d'esprit, et qui ont produit des Chansons piquantes, gracieuses et de bon goût. Notre Recueil ne serait pas complet, si nous ne donnions pas un échantillon de la verve des Momusiens. La Chanson que nous avons choisie entre beaucoup d'autres qui eurent de la vogue, est une des plus populaires; elle est due à la plume de M. Charrin, l'un des fondateurs de la Société de Momus et l'un de ses meilleurs soutiens. Son album poétique est rempli de très jolies Chansons. Celle de l'Invalide Français a eu partout un succès mérité, ainsi que celle des Vérités Gasconnes.

Les mots Gascon et Vérité forment une antithèse qui s'appuie sur la réputation qu'ont les habitants de la Gascogne d'exagérer, de hâbler, et même de mentir. Il y a longtemps qu'on plaisante sur les Gascons, et Henri IV, qui l'était, ajoutait une qualité aux trois que l'on reconnaissait aux enfants de la Garonne. Le jardinier de Fontainebleau disait à ce Prince que le terrain était ingrat, qu'il perdait ses peines à le labourer et à l'engraisser, et que rien n'y profitait. — Semez-y des Gascons, lui dit le Roi, ils prennent partout.

La Fontaine, dans sa fable du Renard et les Raisins, pour peindre la finesse de cet animal, dit : Certain Renard Gascon. Dans un de ses contes, en parlant d'amour, il dit :

> Tout homme est Gascon sur ce point.

La gasconnade n'est pas toujours un mensonge : c'est souvent une fanfaronnade. Aussi Regnard fait-il dire dans le Joueur, en parlant du Marquis faux brave :

> Le tour
> Est volé d'un Gascon, ou le Diable m'emporte.

Le recueil intitulé Gasconiana, sans nom d'auteur ; mais fait par De Montfort, imprimé à Paris en 1710, est rempli de beaucoup de traits plaisants, ils ne sont peut-être pas tous vrais ; mais on ne prête qu'aux riches. On sait assez, dit l'auteur dans son avertissement, que les plus grands Gascons ne sont pas toujours de la Gascogne, que les Gasconnades sont de tous les pays, et que la Seine n'en produit pas moins que la Garonne.

La Gascogne, ajoute-t-il, est un pays de gloire et de mérite, où l'envie va moissonner de toutes parts : le mépris n'y trouve rien à glaner après elle.

La vivacité naturelle du Gascon, l'originalité de son jargon, et son habitude d'orner les récits de faits surnaturels et d'aventures incroyables, a fait souvent introduire ce personnage dans les comédies.

On l'y représente assez ordinairement comme peu avantagé par la fortune. Dans la comédie du Fleuve d'Oubli, de Legrand, un Gascon demande cent bouteilles de son eau pour en faire boire à ses créanciers, et leur faire oublier sa porte. Cela surprend Trivelin, à qui il dit : *Vous êtes surpris qu'un Gascon emprunte?* — Non pas, répond Trivelin, mais qu'on lui prête.

Un ouvrage fort curieux, pour connaître le caractère Gascon, est le roman de D'Aubigné, intitulé : *Les Aventures du Baron de Foeneste*. Dans ce livre, il fait de son personnage un Baron en l'air, qui a pour Seigneurie Foeneste, qui signifie en grec paraître : *C'est, dit-il, un jeune éventé, demi courtisan, demi soldat. Je désire faire savoir au lecteur, ajoute-t-il, que celui qui écrit ces choses affectionne la Gascogne, et ne loue rien tant que les Gascons,* et que ce personnage a été choisi comme l'écume de ces cerveaux bouillants, d'entre lesquels se tirent plus de capitaines et de maréchaux de France que d'aucun autre lieu.

On peut douter de la bonne foi du spirituel D'Aubigné, qui vivait sous le Gascon Henri IV, et qui, selon quelques uns, a représenté dans son Baron de Foeneste, le Duc d'Épernon, à qui il en voulait, et contre lequel il est probable qu'il a écrit cette satyre. Ce qu'il y a de piquant et d'original dans cet ouvrage, c'est que le Baron de Foeneste y parle continuellement Gascon, en employant tous les termes du patois. Les gasconismes s'y trouvent joints aux plus plaisantes gasconnades. On me permettra de citer celle qu'il prête au brave Bayard :

Un courtisan ayant cherché querelle au Chevalier sans peur, lui proposa un duel, et lui dit à l'oreille : Rendez-vous à la porte de la tranchée. Le brave repartit : Je n'en ferai rien, car je ne me rends jamais.

Toute la cour, sous Henri IV, était devenue gasconne, on y parlait gascon. Malherbe travaillait à dégas-conner la cour, et reprenait jusqu'aux Princes même.

L'habitude d'employer les *b* pour les *v*, et les *v* pour les *b*, fit faire à Scaliger l'épigramme où il disait que pour les Gascons *vivere* était la même chose que *bibere*, ou qu'ils confondaient la *vivacité* avec la *bibacité*. Cependant les Gascons ne passent pas pour buveurs.

Le fameux La Calprenède, auteur de romans et de tragédies, prêtait à ses héros son caractère gascon. Et le Cardinal de Richelieu, qui avait eu la patience d'entendre la lecture d'une de ses pièces, ayant dit que les vers étaient lâches. Cadédis, s'écria le poète, il n'y a rien de lâche dans la maison de La Calprenède.

Un Gascon allait se battre avec un Normand, on les sépara. Si vous m'aviez laissé faire, dit le Gascon, je l'allais nicher dans la muraille, et je ne lui aurais laissé de libre que le bras, pour m'ôter son chapeau toutes les fois que j'aurais passé devant lui.

Les Gascons font des calembourgs. L'un d'eux jouait avec un Duc à brevet, qui perdait beaucoup : Oh ! dit-il, il est Duc et perd.

Ils ont souvent de la fierté. Un ministre disait à un officier gascon : Le Roi vous accorde mille écus de gratification. — Monseigneur, répondit l'officier, dites de récompense : je l'ai mérité.

Vive la Guyenne, disait un Gascon, c'est le pays de Cocagne. Les moineaux y sont des cailles et les mouches des ortolans.

Je suis venu si vite, disait un abbé gascon qui courait un bénéfice, que mon Ange gardien avait peine à me suivre.

Un Prince disait à un gentilhomme gascon qui l'avait servi dans plusieurs ambassades, qu'il ressemblait à un bœuf. — Je ne sais à qui je ressemble, reprit le Gascon, mais j'ai eu souvent l'honneur de vous représenter.

Nous ferions un volume des traits que l'on pourrait ajouter à ceux que nous venons de citer.

Par un rapprochement assez piquant, la Chanson des Vérités Gasconnes a été faite sur l'air de la Treille de Sincérité, jolie Chanson de Désaugiers, dans laquelle il dit :

> Cette treille miraculeuse
> Dont la vertu tient du roman,
> Passa longtemps pour fabuleuse,
> Chez le Gascon et le Normand.

On a souvent assimilé ces deux pays dont les habitants ne se ressemblent pourtant pas beaucoup, car, en fait de vérité, le Normand la dissimule et le Gascon l'exagère. Ce n'est pas sans raison que l'on a comparé les Gascons aux coquettes qui fardent la vérité. Ils font pour elle comme ce peintre grec qui ne pouvant faire Vénus belle, l'avait couverte de riches ornements.　　　　　　　　　　　　　DU MERSAN.

## LE GASCON

Plus d'un gascon erre,
Exagère,
Ment
Constamment;
Mais, cadédis!
On peut croiré cé qué jé dis.

Jé suis d'une illusiré noblesse:
Tout en moi lé fait pressentir:
Néveu d'un duc, d'uné duchesse,
Leurs biens doivent m'appartémir:
Un intrus vient mé les ravir.
Ma plainte en justice est formée.
Jé veux plaider titres en mains;
Mais uné souris affamée
A dévoré mes parchémins.
Plus d'un gascon, etc.

Cé révers né m'affligé guéres,
Car jé possédé beaucoup d'or;
A chacun dé vous, chers confrères,
J'offrirais un pétit trésor,
Qué jé serais trop riche encor.
Lé croirez-vous? j'ai la manie
Dé toujours sortir sans argent;
Bien certain qu'uné bourse amie
Souvrira dans un cas urgent.
    Plus d'un gascon etc.

Ma gardé-robe bien garnie
Est cellé d'un homme dé cour;
Bijoux, dentelles, brodérie,
Chez moi se trouvent tour à tour;
J'en puis changer vingt fois par jour.
Courant les bouchons, la grisette,
*Incognito*, j'aime à jouir;
Et sijé fais peu dé toilette,
C'est qué l'éclat nuit au plaisir;
    Plus d'un gascon etc.

En fait d'armes, mieux qu'un St-George
Jé manie épée, espadon:
Voulez-vous vous couper la gorge?
Pour un *oui*, commé pour un *non*,
Moi jé mé bats commé un démon.
Si j'avais eu l'amé moins belle,
Dieux! qué d'imprudents seraient morts!
Mais avec eux, quand j'eus querelle,
Noblément....j'oubliai leurs torts.
    Plus d'un gascon etc.

On a vu de l'académie
Les membres les plus érudits
Céder la palme à mon génie,
En lisant les doctes écrits.
Qu'un plat écrivassier m'a pris
Leurs titres!.. j'en fais un mystère,
Le sot, qui leur doit un renom,
Parvint au fauteuil littéraire
En les publiant sous son nom.
          Plus d'un gascon etc.

J'éclipse en grâce, en assurance,
Terpsichore et ses favoris,
Et je fais pâlir, quand je danse,
Les plus grands talens de Paris,
Paul, Duport, Gardel et Vestris,
Vous le prouve dans la minute,
Ne m'aurait point embarrassé,
Si je n'avais dans une chute,
En le genou droit fracassé.
          Plus d'un gascon etc.

Dans mes amours, du fils d'Alcmène,
Jé surpassé l'heureuse ardeur ;
Plus jé m'agité dans l'arène,
Plus jé sens croitré ma vigueur.
Dé cent tendrons jé fus vainqueur,
J'invoquérais leur témoignage ;
Mais, hélas ! comment l'obtenir ?
Chacun d'eux à la fleur de l'âge,
Est mort d'un excès dé plaisir.
    Plus d'un gascon etc.

En bon français, dé ma patrie
Jé fus lé zélé défenseur ;
Millé fois j'exposai ma vie,
Et j'eus pour prix dé ma valeur,
*Croix dé Saint-Louis, Croix d'Honneur,*
Qu'importe ! on voit mes boutonnières
Veuves de ces *riens* élégants ;
Pour moi, pour les factionnaires,
Les saluts seraient fatigants.
    Plus d'un gascon. etc.

J'eus toujours pour la chansonnette
Un talent vraiment précieux,
Et, sans cessé, j'ai dans la tête
Des couplets malins, gracieux,
Et les réfrains les plus heureux.
Jugez, jugez dé mon mérite ;
*Favart,* qu'on n'a pas surpassé,
Et *Panard,* qué partout on cite,
Ont écrit.... cé qué j'ai pensé
    Plus d'un gascon ore
        Exagère.
        Ment
      Constamment ;
      Mais, cadédis !
On peut croiré cé qué jé dis.

**LE GASCON**, avec accompagnement de piano par M. H. COLET, professeur d'harmonie au Conservatoire.

CHANT.

*Allegro.*

Plus d'un gas-con erre, E-xa-gè-re, Ment, Constamment; Mais, cadé-

PIANO.

- dis! On peut croi-ré cé qué jé dis, On peut croi-ré cé qué jé

*Fin.*

dis. Jé suis d'une il-lus-tré no-bles-se; Tout en moi

*Fin.*

lé fait pres sen – tir: Néveu d'un duc, d'u-né du –ches-se, Leurs biens doi–

. vent m'appar-te – nir; Un in-trus vient mé les ra – vir. Ma plainte en

jus-tice est for – mé- e; Jé veux plai – der, ti – trés en mains: Mais u–

– né souris af – fa – mé- e A dé-vo – ré mes par-ché – mins. Plus d'un gas–

cres.

Procédés de Tantenstein et Cordel, 90, rue de la Harpe.

Paris, Imp. de F. Locquin, 16, rue N.-D. des Victoires.

# LE CAFÉ.

DESSINS DE M. E. GIRAUD,
GRAVURES PAR M. BOSREDON.
Musique arrangée avec accompagnement de piano par M. H. Colet.

## NOTICE.

C'est toi, divin Café, dont l'aimable liqueur,
Sans altérer la tête, épanouit le cœur.

. . . . . . . . . . . . . . . . . . .
Mon idée était triste, aride, dépouillée,
Elle rit, elle sort richement habillée,
Et je crois, du génie éprouvant le réveil,
Boire dans chaque goutte un rayon du soleil.

DELILLE, *Imagination*, ch. IV.

Ce breuvage, qui a transporté en Europe l'énergie vitale et la suavité aromatique qu'il doit à son climat natif, n'est devenu Français que depuis moins de deux siècles, quoiqu'il fût Européen un siècle auparavant, et que depuis quatre cents ans les Orientaux en connussent l'usage. Un auteur arabe du XV$^e$ siècle, Sheabeddin, dit que le premier qui ait pris du Café, est un Muphti d'Eden, qui vivait au IX$^e$ siècle de l'Hégire, vers 1400; mais, selon une tradition plus connue, ce sont les chèvres qui ont enseigné aux hommes l'usage du Café. Un Mollach voyait avec peine que ses Derviches étaient souvent surpris dans leurs prières par le sommeil. Il aperçut un jour des chèvres qui, après avoir brouté les fruits d'un joli arbuste, sautaient et cabriolaient avec une extrême gaîté. Le pâtre qui les gardait lui dit que quand elles avaient mangé de ce fruit, elles étaient éveillées toute la nuit. Le pieux Mollach en fit l'épreuve sur lui-même, il en prit une forte infusion qui lui procura toute la nuit un délicieux enivrement, il en fit prendre à ses Derviches, et bientôt le Café fut recherché par les dévots Musulmans comme un présent du Ciel, envoyé par Mahomet lui-même.

Le Café, originaire du royaume d'Yemen, dans l'Arabie Heureuse, passa d'Eden à Médine, à la Mecque, au Caire, et dans tout l'Orient. On en prit dans les Mosquées pendant les prières. Bientôt il s'éleva de nombreuses boutiques où l'on distribua cette boisson au public.

Les voyageurs importèrent le Café en Europe, Pietro della Valle en Italie, la Rogue à Marseille, Thévenot à Paris. Un Levantin établit en 1643 une boutique sous le Petit Châtelet; mais ce fut Soliman Aga, ambassadeur de la Porte près de Louis XIV, en 1669, qui introduisit en France l'usage du Café, qu'il offrait, selon l'habitude des Turcs, à toutes les personnes qui venaient le visiter. Après le départ de Soliman, l'arménien Pascal éleva un Café à la Foire Saint-Germain : où n'y payait la tasse que 2 sous 1/2. Il eut un grand concours de monde, et fit de brillantes affaires. On appelait son établissement le Beau Café, et on connaît de très jolis vers d'un poète nommé Thomas, qui en font la description. (Encyclopédie poétique, par de Gaigne, tome 3, page 284.) Après Pascal vint Maliban, puis Grégoire, qui porta son établissement rue Mazarine, afin de s'approcher de la Comédie, qui était rue Guénégaud. Un petit boiteux, surnommé le Candiot, se mit alors à parcourir les rues de Paris, avec un éventaire, et à débiter du Café à domicile, à 2 sous la tasse, sucre compris. Joseph ouvrit un Café au bas du pont Notre-Dame, et Etienne un autre au bas du pont Saint-Michel. Tout cela fut éclipsé par l'industrie du sicilien Procope, qui après avoir commencé à la Foire Saint-Germain, alla s'établir vis à vis de la Comédie Française, rue des Fossés Saint-Germain, où son Café subsiste encore sous le nom de Zoppi. Le voisinage du théâtre y amena les auteurs dramatiques, et tous ceux qui dans ce temps où la littérature était une grande affaire, allaient y discuter du mérite des pièces, et de toutes les questions littéraires et philosophiques à l'ordre du jour. J.-B. Rousseau, La Mothe, Boindin, Piron, Fréron, y siégeaient habituellement. C'est de là que sortirent les fameux couplets qui firent exiler J.-B. Rousseau. Voltaire fait dire à son pauvre diable :

Après midi, dans l'antre de Procope,
C'était le jour où l'on jouait Mérope,
Seul en un coin, pensif et consterné,
Rimant une ode, et n'ayant point diné, etc.

Mérope fut jouée en 1743.

Les Cafés firent tomber les cabarets où s'étaient jusqu'alors enivrés gaiment les hommes de la meilleure compagnie. Il s'en établit un sur le quai de l'École, à l'endroit où est aujourd'hui le Café Manoury. Sous la Régence, qui commença en 1715, parut le Café de ce nom, qui existe encore, où J.-J. Rousseau faisait sa partie d'échecs, et où il parut un jour vêtu en Arménien. Le premier Café qui fut établi au Palais-Royal, fut le Café de Foy, qui prit le nom de son propriétaire. Parmis les habitués, on remarquait le célèbre Carle Vernet, qui ayant un jour jeté au plafond un pinceau qui fit une tache noire, monta sur la double échelle du barbouilleur, et de la tache fit une hirondelle que l'on y admire encore. Vers le milieu du règne de Louis XV, on compta à Paris six cents Cafés, leur nombre s'élève aujourd'hui à plus de trois mille. Nous ne pouvons pas donner dans cette Notice l'histoire intéressante de la manière dont cet arbrisseau précieux fut transplanté dans nos colonies : nous dirons seulement qu'à l'époque de la Révolution, la partie française de Saint-Domingue produisait près de 50 millions de livres de Café, la Guadeloupe et la Martinique environ 30 millions, et que cette quantité serait insuffisante, jointe à tout ce qui vient de l'Orient, pour satisfaire à la consommation actuelle. Aussi des industriels économistes s'avisèrent-ils de déguiser en Café le gland, la carotte, la betterave, l'orge, le seigle, la châtaigne, les pois chiches !... Il est telle bonne femme qui assure que le Café ne serait pas bon si l'on n'y mêlait un peu de chicorée. Le nom de Café sert de passeport à tout cela : ce qui fait voir combien les grands noms font passer de mauvaises choses. Le titre de Café est resté à tous les établissements où l'on va se rafraîchir ou perdre son temps. On sait combien de choses diverses s'y débitent, sans compter les nouvelles vraies ou fausses ; mais les Cafés ne sont plus maintenant un lieu de rendez-vous ou de conversation. Ils étaient autrefois ce que sont aujourd'hui les Cercles ; on y va maintenant s'isoler à sa table et lire les journaux. Dans quelques uns, des habitués vont faire la partie de domino ; mais ce sont ceux de bas étage, où l'on vend plus de bière que de choses délicates. Les glaces sont devenues aussi un commerce des Cafés.

À l'époque de la Révolution, les Cafés furent transformés en clubs, et chacun prit une couleur ; le Café Chrétien était Jacobin. Devant le Café de Foy, qui avait pour vestibule le Palais-Royal, se réunissaient des groupes révolutionnaires, et c'est là que Camille Desmoulins, monté sur une table, harangua la foule assemblée, le 13 Juillet 1789, et proposa de marcher contre la Bastille.

Le Café de Valois a longtemps gardé sa physionomie aristocratique. Lors de la Restauration, le Café Montansier fut un rendez-vous d'énergumènes, où se passèrent des scènes violentes.

Le Café Tortoni est de nos jours le rendez-vous des spéculateurs et une espèce de succursale de la Bourse.

Sous l'Empire, deux Cafés se partagèrent la faveur populaire. Qui n'a pas entendu parler de la belle limonadière du Café du Bosquet ! Et quel provincial n'est pas allé admirer le Café des Mille Colonnes, où plus tard la dame du comptoir a eu pour fauteuil un trône acheté à la vente après faillite d'une tête couronnée.

On ferait un volume in-folio de l'histoire seule des Cafés de Paris.

Au commencement de la Révolution, on joua la Comédie dans beaucoup de Cafés, sur les boulevarts, au Palais-Royal, sur les quais. Dernièrement encore, on a vu sur le boulevart du Gymnase le Café-Spectacle, qui a disparu. Ce genre d'amusement n'existe plus qu'au Café du Sauvage.

Les Cafés sont aujourd'hui des restaurants, on y déjeune à la fourchette, et on y fait des dîners somptueux. Le brillant Café de Paris est le rendez-vous de nos lions.

La Chanson qui a motivé cette Notice, a été faite à l'époque de la première vogue du Café : elle est imprimée en forme de placard, et elle était sans doute destinée à être affichée dans les cafés ; elle est revêtue de l'approbation, et signée de M. de Voyer d'Argenson, alors lieutenant de police. Elle est de 1711. La poésie de cette Chanson n'est pas irréprochable, les rimes n'en sont pas riches, ce qui fait qu'on ne peut pas l'attribuer à l'un des poètes distingués de cette époque : mais plutôt à quelqu'un de ces faiseurs qui rimaient abondamment sur tous les sujets. C'est une théorie développée des propriétés du Café et de la manière de le bien faire. On ne connaissait pas alors la façon de le brûler au tambour. On le faisait rissoler dans une petite poêle de terre vernissée, et les vrais amateurs le faisaient infuser dans une chausse de futaine, qui a été remplacée depuis par les passoires en métal ; c'est ce qu'on appelle sans ébullition.

Nous trouvons dans cette Chanson l'usage de la réclame, si fort employée de nos jours, et l'adresse du sieur Vilain, marchand rue des Lombards, qui avait apparemment la vogue.

On sait que Madame de Sévigné disait de Racine qu'il passerait comme le Café. Sa prédiction s'est vérifiée en ce sens, que l'un n'a pas plus passé que l'autre.

Les antagonistes du Café disaient que c'était un poison. Oui, répondit Voltaire : mais un poison lent, car voilà cinquante ans que j'en prends, et je ne suis pas encore mort.

Le poète Lainez a fait un éloge du Café, dans lequel on remarque les vers suivants :

Si de son temps Homère en eût connu l'usage,
Il n'aurait jamais sommeillé !

DU MERSAN.

*Le Café Procope, 1743*

Le Café de Foy au Palais Royal 1789.

*Le Café des mille Colonnes 1811.*

_Le Café de Paris_ 1843

# CHANSON SUR L'USAGE DU CAFFÉ,

## SUR SES PROPRIETEZ
## ET SUR LA MANIERE DE LE BIEN PRÉPARER.

Sur l'Air : Les Bourgeois de Chartres, &c

**I.**

Si vous voulez sans peine
Vivre en bonne santé,
Sept jours de la semaine,
Prenez de bon Caffé,
Il vous préservera de toute maladie,
Sa vertu chassera, là là,
Migraine et fluxion, don don,
Rhume et mélancholie.

**II.**

Sa force est sans égale
Contre les maux de cœur,
La glande pinéale
Y trouve sa vigueur :
Quand on y met du lait, il guérit la poitrine,
Au sang il donnera, là là,
La circulation, don don,
Dans toute la machine.

**III.**

Ses petits corpuscules
Tiennent lieu de Tabac,
Et mieux que les Pilules
Confortent l'Estomach ;
Les peccantes humeurs par-là sont adoucies,
Et l'on ne sentira, là là,
Nulle indigestion, don don,
Nulles acrimonies.

**IV.**

Son aimable fumée
Est favorable aux yeux,
Quand elle est respirée,
C'est un baume pour eux ;
Ce doux fumet qui monte en forme de nuage,
Vous développera, là là,
L'imagination, don don,
Pour faire un bel Ouvrage.

**V.**

De la Philosophie,
Malbranche le Heros,
Avec cette ambroisie
Ranime tous ses os.
Quand sa santé va mal, ce sublime genie,
De ce remede là, là là,
Sans consulter Purgon, don don,
Va rechercher la vie.

**VI.**

Il ouvre les idées
Aux plus sçavants Auteurs,
Et fournit des pensées
Aux grands Prédicateurs,
Les fibres du cerveau par lui sont réveillées,
Et la memoire en a, là là,
Les traces d'un Sermon, don don,
Beaucoup mieux imprimées.

**VII.**

Voulez vous dans l'Eglise
Ne rien perdre au Sermon,
D'une éloquence exquise,
Goûter l'expression ;
Vous devez vous munir, surtout l'après-dînée,
De cette boisson là, là là,
Votre application, don don,
Sera moins détournée.

**VIII.**

Dès qu'un Reverend Pere
Pour prêcher est entré,
Dans chaque Monastere,
Il lui faut du Caffé,
On passe dans le Tour le petit équipage,
Cette pratique là, là là,
Sans opposition, don don,
Est partout en usage.

**IX.**

Veut-on à l'audience
Ne s'endormir jamais,
Veut-on avec aisance
Rapporter un procès,
Prononcer un discours, faire quelque lecture,
Usez pour tout cela, là là,
De l'utile boisson, don don,
Sa force est toujours sûre.

**X.**

Malgré la bonne chère,
Le convive est chagrin
Si votre Caffetiere
Ne finit le festin,
Dès qu'on la voit entrer, la joye est redoublée,
Chacun se dit voilà, là là,
De ce repas si bon, don don,
La fête couronnée.

**XI.**

Un ami vous visite,
Offrez lui du Caffé,
La dépense est petite,
Il se tient regalé,
Du goblet sortira quelqu'aimable nouvelle,
On politiquera, là là,
La conversation, don don,
En sera bien plus belle.

**XII.**

Si dans une reprise
Quelqu'un perd son argent,
Donnez lui quelque prise
D'un Caffé restaurant,
Il se consolera de sa perte sans peine.
Son chagrin tombera, là là,
Se voyant dans le fond, don don,
De votre porcelaine.

**XIII.**

Le Caffé gros et pasle
N'est jamais le meilleur,
Le petit est plus masle,
Il a de la verdeur :
Allez au Verd-Galand, il en a pleine tonne,
Quoique ce Marchand-là, là là,
Ait Vilain pour son nom, don don,
Sa marchandise est bonne.

**XIV.**

Quand vous brûlez la féve,
Allez tout doucement,
N'en ôtez pas la séve
Par un feu trop ardent,
Sans cesse tournez-la dans votre casserole,
Par ce mouvement là, là là,
D'une bonne façon, don don,
Le Caffé se rissole.

**XV.**

Tout comme une omelette,
Estant bien retourné,
Entre double serviette,
Il doit être étalé,
Sur ce lit de repos, il mitonne et vêpure :
Par cette sueur là, là là,
Son opération, don don,
En sera bien plus sûre.

**XVI.**

Quand vous en voulez prendre,
Ayez un bon moulin,
Qui puisse vous le rendre
Broyé tout le plus fin,
N'allez pas éventer cette chere farine,
Mais d'abord jettez là, là là,
Dans le premier bouillon, don don,
De l'eau qu'on vous destine.

**XVII.**

Voulez vous qu'il opère
En vous heureusement,
Dans votre Caffetiere,
Mettez-en largement,
Pour chasser vos vapeurs, faites bonne mesure.
A quoi vous servira, là là,
La triste portion, don don,
D'un Caffé de teinture.

**XVIII.**

Quand cette aimable prise
A trois fois bouillonné,
Et qu'à triple reprise
Le Marc s'est élevé,
Laissez la reposer sans nulle impatience ;
Car qui la troublera, là là,
De son infusion, don don,
Perdra la recompense.

**XIX.**

La main ferme et prudente
Doit seule le verser,
Et toute main tremblante
Ne doit point s'en mêler.
Inclinez bien le bec de votre Caffetiere,
Et rien ne tombera, là là,
Qui ne soit pur et bon, don don
Et propre à vous refaire.

**XX.**

Pendant qu'il se repose
Sur votre cabaret,
De la meilleure dose
Choisissez un goblet,
Je vous dis un goblet et non tasse évasée,
La fumée en sera, là là,
Par sa réunion, don don,
Beaucoup mieux dirigée.

**XXI.**

La Liqueur préparée
Dégenere en fadeur,
Quand elle est trop sucrée,
Elle perd sa vigueur.
La changer en sirop, c'est être Apoticaire,
Et son amertume a, là là,
Certaine impression, don don
Qui vous est nécessaire.

**XXII.**

De la Liqueur fumante
Menagez la chaleur,
Elle est moins agissante
Quand elle a moins d'ardeur ;
N'attendez donc jamais qu'elle soit amortie :
Car cette boisson là, là là,
Perd ce qu'elle a de bon, don don,
Quand elle est refroidie.

**XXIII.**

Prenez ce doux breuvage
Sans trop d'empressement,
Assis en homme sage
Humez-le lentement,
Sa respiration communique la vie,
Elle reveillera, là là,
Toute la region, don don,
D'une tête assoupie.

**XXIV.**

N'allez point par ménage
Faire un second Caffé,
Ce serait un lavage
D'un mauvais ripopé,
Si vous voulez avoir les dents propres et pures,
Le mare les blanchira, là là,
Son application, don don,
En ôte les ordures.

**LE CAFÉ**, avec accompagnement de piano par M. H. COLET, professeur d'harmonie au Conservatoire.

CHANT.

Si vous vou-lez sans pei-ne Vivre en bon-ne san-

PIANO.

Sempre staccato. cres. cres. Sf

-té, Sept jours de la se-mai-ne Pre-nez du bon ca-fé, Il

p cres. Sf

vous pré-ser-ve-ra De tou-te ma-la-di-e, Sa ver-tu chasse-

poco F cres. P

-ra, Là, là, Mi-graine et flu-xi-on, Don, don, Rhume et mé-lan-co-li-e.

P Fin.

Procédés de Tautenstein et Cordel, 90, rue de la Harpe.

Paris. Impr. de F. Locquin, 16, rue N.-D. des Victoires.

# LA NAISSANCE DE L'AMOUR,

### Paroles de l'Abbé GARON, Musique de FERRARI.

※

# LE VOYAGE DE L'AMOUR ET DU TEMPS,

### Paroles de SÉGUR, Musique de SOLIÉ.

---

### DESSINS PAR M. DU BOULOZ,
#### GRAVURES PAR M. NARGEOT.

---

## NOTICE.

L'Amour est un enfant aussi vieux que le monde ;
Il est le plus petit et le plus grand des dieux.
PERRAULT.

Toutes les chansons et les poésies font naître l'Amour à Cythère: C'est le fils de Vénus. Il est aisé de sentir cette allégorie: la Beauté fait naître l'Amour ; mais on ne sera peutêtre pas fâché de savoir que l'origine de l'Amour a donné lieu chez les anciens à une multitude d'opinions différentes. Orphée le fait naître avant toutes les créatures. Sapho le dit fils du Ciel et de la Terre. Un poète comique et satyrique, Aristophane, dans sa comédie des Oiseaux, fait un oiseau de l'Amour, car il le fait sortir d'un œuf que la Terre pondit, et qu'elle avait conçu de Zéphyre. On nous permettra bien pour varier un peu nos Notices, de semer dans celle-ci un peu d'archéologie: car le sujet est si vieux, si rebattu, qu'il est difficile de dire du neuf à propos d'amour: et cependant on en parlera encore longtemps.

Cet Amour sortant d'un œuf, paraît une allégorie moins gracieuse que celle qu'on voit chez nos marchands d'images et chez nos confiseurs, où l'Amour sort d'une rose. Cependant un artiste ancien, un graveur grec, nommé Phrygillus, l'a représenté ainsi sur une charmante cornaline, citée par Winckelmann dans son Histoire de l'Art. L'Amour dès sa naissance n'y est pas un enfant, il est représenté dans l'adolescence, avec de grandes ailes d'aigle, telles que la plus haute antiquité en donnait à tous ses dieux. Le célèbre sculpteur Bouchardon, quittant la route battue, a fait de son bel Amour un adolescent, tel que doit être l'amant de Psyché.

C'est pour cette statue que Voltaire fit l'inscription:

Qui que tu sois, voilà ton maître,
Il le fut, il l'est, ou doit l'être.

Cette devise reçut une application aussi ingénieuse que méchante. On prétend que le marquis de Villette reçut un jour un paquet à son adresse avec les mêmes mots, et que l'ayant ouvert, il y trouva un bâton.

De toutes les allégories relatives à la naissance de l'Amour, une des plus anciennes est celle de Platon, qui dit que le jour où les dieux célébraient la naissance de Vénus, **Porus**, dieu de l'Abondance, rendit **Pénie**, déesse de la Pauvreté, mère de l'Amour.

L'auteur de notre Chanson n'y a pas épargné l'allégorie, il a personnifié l'Espérance, l'Innocence, la Jouissance, et la Volupté que l'on veut donner pour nourrices à l'Amour.

L'abbé Garon à qui on attribue cette Chanson, et qui nous est parfaitement inconnu, était probablement un abbé de ruelles et de toilettes, un petit collet qu'il était à la mode d'avoir dans son salon, qui était le complaisant des dames, portait leur petit chien ou leur éventail, jouait de la guitare et chantait la romance, comme on le voit dans la comédie du **Cercle**, de Poinsinet, dans l'**Été des Coquettes**, de Dancourt. Il faisait aussi le métier de bel esprit.

L'abbé Cotin, que Molière et Boileau ont rendu si célèbre, était de ce nombre. On a conservé de lui un fort joli madrigal, le seul peutêtre qui ait mérité cet honneur :

> **Iris s'est rendue à ma foi**
> **Qu'eût-elle fait pour sa défense ?**
> **Nous étions trois, elle, l'Amour et moi,**
> **L'Amour était d'intelligence.**

L'abbé de Bernis commença sa fortune par de jolis vers ; et ses pièces anacréontiques ne l'ont pas empêché de devenir cardinal. Elles sont fraiches, gracieuses et élégantes quoique le grand Frédéric ait dit :

> **Évitez de Bernis la stérile abondance.**

Revenons à l'Amour qui a inspiré tant de poëtes depuis Anacréon.

On ferait une volumineuse encyclopédie de toutes les chansons dont l'Amour est le sujet. Bacchus et l'Amour sont assurément les dieux de la Mythologie qui ont été le plus chantés, et l'Amour l'a été encore plus que Bacchus. Sa riante figure se retrouve partout dans les arts, depuis l'antiquité jusqu'à nos jours.

La musique de l'**Amour** naquit à **Cithère**, est de FERRARI, élève de Paesiello, né en 1759, et qui fut en 1791, accompagnateur de la troupe italienne du **Théâtre de Monsieur**, devenu depuis le **Théâtre Feydeau**. Ferrari fit beaucoup de morceaux pour les concerts publics, quatre opéras italiens, dont la **Villanella rapita**, et un ouvrage sur l'art du chant, qui fut traduit en français en 1827. Il a publié aussi un recueil de six romances en 1793, et un nouveau recueil en 1798. Il a donné enfin vers 1830, un recueil d'anecdotes sur sa vie, dans lequel on trouve des détails curieux sur beaucoup d'artistes célèbres.

---

L'allégorie de l'Amour et du Temps, par M. de Ségur, est aussi gracieuse que morale. Elle date déjà du commencement de l'empire. La Mythologie est tombée depuis dans le discrédit : notre siècle positif la proscrit par les mots **pompadour** et **rococo**. Mais à cette époque, le succès de cette Chanson fut populaire. Des gravures en reproduisirent le sujet, et on les vit sur les éventails et dans les papillottes de bonbons. M. le vicomte de Ségur qui en était l'auteur, était ainsi que son frère, l'un des plus spirituels auteurs du vaudeville, et il laissa son fils aîné courir la carrière des honneurs, pour se livrer exclusivement aux lettres. Aussi, afin de se distinguer du grand maître des cérémonies de l'empereur, il signait ses lettres : **Ségur sans cérémonie.**

L'air de cette Chanson a été composé par Solié, acteur de l'Opéra-Comique, où il débuta en 1782, et auteur de beaucoup de partitions qui ont eu un très grand succès, entre autres celles du **Secret**, du **Jokey**, du **Locataire**, du **Chapitre second**, et de la nouvelle musique du **Diable à quatre**. Solié est mort en 1812, âgé de 65 ans. C'était un comédien sage, consciencieux, un chanteur plein de goût, et un homme dont le talent était rehaussé par ses qualités sociales.

DU MERSAN.

## L'EDUCATION        DE L'AMOUR.

Quand l'amour naquit à Cythère
On s'intrigua dans le pays:
Vénus dit je suis bonne mère;
C'est moi qui nourrirai mon fils.
Mais l'amour malgré son jeune âge
Trop attentif à tant d'appas,
Préférait le vase au breuvage,
Et l'enfant ne profitait pas.

Ne faut pourtant pas qu'il pâtisse,
Dit Vénus parlant à sa cour;
Que la plus sage le nourrisse;
Songez toutes que c'est l'amour.
Soudain la Candeur, la Tendresse,
L'Egalité viennent s'offrir,
Et même la Délicatesse
Nulle n'avait de quoi nourrir.

On penchait pour la Complaisance;
Mais l'enfant eut été gâté.
On avait trop d'expérience
Pour penser à la Volupté.
Enfin sur ce choix d'importance,
Cette cour ne décidant rien,
Quelqu'un proposa l'Espérance,
Et l'enfant s'en trouva fort bien.

On prétend que la Jouissance,
Qui croyait devoir le nourrir,
Jalouse de la préférence,
Guettait l'enfant pour s'en saisir ;
Prenant les traits de l'Innocence,
Pour berceuse elle vint s'offrir
Et la trop crédule Espérance
Eut le malheur d'y consentir.

Un jour advint que l'Espérance,
Voulant se livrer au sommeil,
Remit à la fausse Innocence
L'enfant jusques à son reveil.
Alors la trompeuse déesse
Donne bonbons à pleine mains :
L'amour d'abord fut dans l'ivresse,
Mais mourut bientôt dans son sein.

### LE TEMPS ET L'AMOUR

A voyager passant sa vie,
Certain vieillard nommé le Tems,
Près d'un fleuve arrive et s'écrie :
« Ayez pitié de mes vieux ans.
« Hé quoi ! sur ces bords on m'oublie,
« Moi qui compte tous les instans !
« Mes bons amis, je vous supplie,
« Venez, venez passer le temps. »

De l'autre côté sur la plage,
Plus d'une fille regardait,
Et voulait aider son passage,
Sur un bateau qu'Amour guidait :
Mais une d'elles, bien plus sage,
Leur répétait ces mots prudens :
« Ah ! souvent on a fait naufrage,
« En cherchant à passer le temps. »

L'Amour gaîment pousse au rivage;
Il aborde tout prés du Tems,
Il lui propose le voyage,
L'embarque et s'abandonne aux vents;
Agitant ses rames légères,
Il dit et redit dans ses chants:
« Vous voyez bien, jeunes bergères,
« Que l'amour fait passer le Tems.»

Mais tout-à coup l'Amour se lasse;
Ce fut toujours là son défaut.
Le Tems prend la rame à sa place,
Et lui dit:« quoi! céder sitôt !
« Pauvre enfant! qu'elle est ta faiblesse!
« Tu dors, et je chante à mon tour
« Ce vieux refrain de la sagesse:
« Ah! le Tems fait passer l'Amour.»

LA NAISSANCE DE L'AMOUR, avec accompag. de piano par M. H. COLET, professeur d'harmonie au Conservatoire.

CHANT.

*Allegro.*

Quand l'A-mour na-quit à Cythè-re, On s'intri-gua dans le pa-

PIANO.

P

-ys, Vé-nus dit: je suis bon-ne mè-re, C'est moi qui nour-ri-rai mon

fils. Mais l'amour, mal — gré son jeune à-ge, Trop atten-

-tif à tant d'ap-pas, Pré-fé-rait le vase au breu-va-ge, Et l'enfant

ne pro-fi-tait pas, Et l'enfant ne pro-fi-tait pas. Ne faut

Fin.

LE VOYAGE DE L'AMOUR ET DU TEMPS, avec accomp. de piano par **M. H. COLET**, profes. d'harmonie au Conservatoire.

(Procédés de Tautenstein et Cordel, 90, rue de la Harpe.)

Paris. Imp. de F. Locquin, 16, rue N.-D. des Victoires.

# TONTAINE, TONTON,

## CHANSON DE CHASSE,

### PAROLES DE M. MARION DU MERSAN.

### AIR DE COR.

---

### DESSINS PAR M. TRIMOLET.

GRAVURES : 1re ET 4e PLANCHES PAR M. MONIN. — 2e ET 3e PLANCHES PAR M. KOLB.

*Musique arrangée avec accompagnement de piano par M. H. Colet.*

# NOTICE.

Cette Chanson de chasse, faite en 1770, pour le château de la Brosse, qui appartenait au duc de Montmorency, est de M. Marion Du Mersan, qui était poète pour son seul plaisir. M. Du Mersan a signé peu de ses ouvrages, et cependant quelques unes de ses poésies fugitives ont eu dans le monde beaucoup de succès. On en trouve plusieurs dans l'*Almanach des Muses* et dans le *Mercure*, depuis 1770 jusqu'en 1789. Lorsque le comte de Saint-Germain fut tiré de sa retraite pour être mis à la tête du département de la guerre, peu de temps après l'avènement de Louis XVI, il courut une Chanson qui eut une grande vogue, et qui commence par ces vers, sur l'air du Menuet d'Exaudet:

Saint-Germain,
Dès demain,
Je m'engage; &c.

Elle fut insérée dans tous les recueils du temps: on la trouve entre autres, dans les Mémoires secrets de Bachaumont et dans la Correspondance de Metra, mais sans nom d'auteur. J'en ai le manuscrit autographe ainsi que celui d'une autre Chanson qui fit beaucoup de sensation au commencement de la révolution, et qui se trouve dans les Actes des Apôtres: elle est sur le même air.

Guillotin,
Médecin,
Politique,
Imagine, un beau matin,
Que pendre est inhumain
Et peu patriotique, &c.

M. Du Mersan, né à Peillac, près de Ploermel, en 1718, en pleine régence, était un de ces hommes aussi modestes que spirituels, qui attachent peu de valeur aux légères productions de l'esprit, et qui n'en font que le délassement de leurs travaux et le charme de leur société. Ses longs voyages, ses missions importantes dans l'Inde, où il avait été, en 1750, commissaire général de l'armée française et agent-général de la France dans le Dekhan, lui faisaient mettre peu de prix à des bagatelles que sa plume jetait avec une grande facilité. (Voyez la *France Littéraire*, par Querard.) L'air de cor sur lequel cette Chanson a été composée, avec le refrain Tontaine, tonton, est très ancien, c'est une jolie fanfare sur laquelle il parait que des paroles avaient déjà été faites; et, il faut croire que ces paroles étaient des préceptes à l'usage des chasseurs, puisque le timbre de l'air porte: *Écoutez les règles succinctes*. Je ne connais à ce dernier mot qu'une rime, celle de *distinctes*, qui fait supposer encore plus que la Chanson était une instruction élémentaire: nous n'avons pu la retrouver nulle part. A la Chanson si connue de M. Du Mersan, que nous donnons dans cette livraison, nous en joindrons une fort spirituelle, moins ancienne, puisqu'elle date de germinal an IX (mars et avril 1801) Elle est de Philippon-la-Madelaine, et insérée dans le joli recueil des *Diners du Vaudeville*, dont l'auteur de cette Chanson était un des convives, comme il était un des plus spirituels soutiens de ce théâtre, que l'on appelait encore alors la Boîte à l'esprit. Nous profitons de cette occasion pour réparer une omission, et apprendre à nos lecteurs que la Chanson de la *Mère Gontemps*, que nous avons donnée dans notre 55e livraison, est de cet aimable chansonnier.

Philippon-la-Madelaine, alors âgé de 65 ans, avait toute la vivacité de la jeunesse, et une grace dont tous ses ouvrages portent l'empreinte. Il ne mourut qu'en 1818, âgé de 84 ans, et sans avoir jamais eu d'ennemis, parce qu'il ne s'était jamais permis aucune épigramme directe, aucune personnalité. Il avait conservé jusqu'à ses derniers moments sa gaîté, sa douceur, sa sensibilité, son humeur égale, son caractère obligeant et affectueux, et tout le charme de l'ancienne urbanité française. Cet éloge peut convenir également à l'auteur de la première Chanson, qui, par un rapprochement assez singulier, est mort précisément au même âge. Tous deux ont prouvé que l'esprit ne vieillit jamais, surtout quand c'est du bon esprit. L'auteur de cette Notice est heureux de pouvoir consacrer quelques lignes à la mémoire de deux vieillards dont l'un fut son père, et dont l'autre l'honora de son amitié. Ce fut encore au même âge que la muse chansonnière perdit Laujon, que j'ai entendu dans nos réunions épicuriennes chanter les jolies productions de sa jeunesse, avec une grace et une gaîté que les années n'avaient pu éteindre. Tant il est vrai qu'une conscience pure, une gaîté douce qui part du cœur, sont des brevets de longévité.

Qu'il me soit permis, à ce propos, de conter un fait qui frappa mon imagination si vivement, qu'il m'est encore présent au bout de trente-deux ans. Je passais le pont des Arts, et je vis venir devant moi deux personnes qui sortaient de l'Institut. Dans l'éloignement, je distinguai un vieillard qui s'appuyait sur le bras d'un jeune homme. Celui-ci avait une allure vive et fringante, il marchait légèrement : mais il semblait ralentir son pas pour s'accommoder à la faiblesse de celui qu'il soutenait, et dont la démarche était tremblante et maladive. Ces deux personnes s'avançaient, et quand je me trouvai près d'elles, je vis que le vieillard était Chénier, âgé de 46 ans, et le jeune homme Laujon, qui en avait 84.

De ma vie je n'oublierai ce contraste.

La carrière agitée de l'homme politique avait usé le poète, qui portait sur sa figure attristée les traces de la mélancolie profonde qu'y avait imprimée la calomnie, dont il avait cependant si noblement repoussé les traits dans une belle et noble épître. L'indigence pesait aussi sur la tête de l'auteur de **Charles IX** et de **Fénelon**. Il était prêt à dire ces paroles qu'il envoya à Napoléon lorsqu'un officier du palais lui apporta le premier quartier de la pension que lui envoyait le tardif souvenir de l'empereur : *Allez dire à votre maître qu'il a le coup d'œil juste, et que ses faveurs ne me seront pas longtemps nécessaires.*

Laujon aussi était peu fortuné, il n'y avait que quatre ans qu'on lui avait permis de passer par l'Institut, comme l'avait dit Delille en lui donnant sa voix.

Tous deux s'éteignirent la même année, et Chénier devança de six mois Laujon qui avait 38 ans de plus que lui.

Après cette digression que m'a suggérée le souvenir de mes trois vieillards chansonniers, je reviens à celui qui a survécu aux deux autres, et je terminerai ma Notice plus gaiment, par la jolie Chanson de Philippon-la-Madelaine.

## LA CHASSE.

Chacun de nous a sa folie :
Moi, la chasse est ma passion,
    Tonton, tonton, tontaine tonton.
C'est un plaisir que je varie,
Suivant le lieu, l'occasion,
    Tonton, tontaine, tonton.

Tantôt, les perdrix dans la plaine,
Tombent sous mes coups à foison,
    Tonton, &c.
Tantôt la trompe au bois m'entraîne :
Tout gibier me plaît, s'il est bon,
    Tonton, &c.

Dans les vignes du vieux Silène,
La chasse est de toute saison ;
    Tonton, &c.
Et le plaisir passé la peine,
Car on y laisse sa raison,
    Tonton, &c.

Quelquefois, je vais au Parnasse.
Mais hélas ! depuis qu'Apollon,
    Tonton, &c.
N'a plus le goût pour garde-chasse,
Son domaine est à l'abandon :
    Tonton, &c.

Sur les terres de la fortune,
Le chasser n'est plus aussi bon,
    Tonton, &c.
La chasse au vol est trop commune,
Depuis dix ans, dans ce canton :
    Tonton, &c.

J'aime à braconner à Cythère :
Mais du cor j'adoucis le son,
    Tonton, &c.
Les Graces ne se prennent guère,
Dans les filets du fanfaron :
    Tonton, tontaine, tonton.

Nous rappellerons ici une troisième Chanson sur le même air, que tout le monde connaît et a retenue, celle de Béranger : *Allons chasseurs, vite en campagne.* J'ai fait comme un chasseur qui s'égare en poursuivant le gibier : mais je crois avoir rencontré en route des épisodes qui ne sont pas sans intérêt. C'est quelquefois par hasard que l'on fait bonne chasse.
                                                  DU MERSAN

LE REFRAIN DU CHASSEUR

Mes amis, partons pour la chasse;
Du cor j'entends le joyeux son
Ton, ton, ton, ton,
Tontaine, ton, ton.
Jamais ce plaisir ne nous lasse,
Il est bon en toute saison.
Ton, ton
Tontaine, ton, ton.

À sa manière chacun chassé,
Et le jeune homme et le barbon
Ton, ton, ton, ton
Tontaine, ton, ton
Mais le vieux chasse la bécasse,
Et le jeune un gibier mignon,
Ton, ton
Tontaine, ton, ton.

Pour suivre le chevreuil qui passe,
Il parcourt les bois, le vallon,
Ton, ton, ton, ton
Tontaine, ton, ton
Et jamais, en suivant sa trace,
Il ne trouve le chemin long.
Ton, ton
Tontaine, ton, ton.

À l'affût le chasseur se place
Guettant le lièvre ou l'oisillon
Ton, ton, ton, ton,
Tontaine, ton, ton,
Mais si jeune fillette passe
Il la prend; pour lui, tout est bon;
Ton, ton
Tontaine, ton, ton,

Le vrai chasseur est plein d'audace;
Il est gai, joyeux et luron. —
Ton, ton, ton, ton,
Tontaine, ton, ton.
Mais quelque fanfare qu'il fasse
Le chasseur n'est pas fanfaron.
Ton, ton
Tontaine ton, ton.

Quand un bois de cerf l'embarasse
Chez sa voisine, sans façon,
 Ton, ton, ton, ton
 Tontaine, ton, ton
Bien discrétement il le place
Sur la tête d'un compagnon.
 Ton, ton
 Tontaine, ton, ton.

Quand on a terminé la chasse,
Le chasseur se rend au grand rond,
 Ton, ton, ton, ton,
 Tontaine, ton, ton,
Et chacun boit à pleine tasse
Au grand St Hubert son patron
 Ton, ton
 Tontaine, ton, ton.

TONTAINE, TONTON, avec accompagnement de piano, par M. H. COLET, professeur d'harmonie au Conservatoire.

## AUTRE ACCOMPAGNEMENT.

Procédés de Tantenstein et Cordel, 90, rue de la Harpe.

Paris Imp. de F. Locquin, 16, rue N.-D des Victoires.

# PAUVRE JACQUES.

Romance par la marquise de Travanet.

## JEUNES AMANTS, CUEILLEZ DES FLEURS,

Couplets de Desmoustier, musique de Gaveaur.

# LA PITIÉ N'EST PAS DE L'AMOUR,

Romance d'Alexandre Duval, musique de Della Maria.

---

DESSINS PAR M. STEINHEIL,

GRAVURES : 1re et 4e PLANCHES PAR M. DESJARDINS. — 2e et 3e PLANCHES PAR M. BOILLY.

---

# NOTICE.

La romance du Pauvre Jacques fut chantée à la cour et à la ville : c'était vers 1780, à l'époque où l'on venait de construire pour la reine Marie-Antoinette, la charmante retraite du Petit Trianon, dont Delille a dit, dans son poème des Jardins :

> Semblable à son auguste et jeune déité,
> Trianon joint la grace avec la majesté.
> Pour elle il s'embellit, et s'embellit par elle.

Alors la mode des jardins anglais était devenue une fureur ; au milieu de celui qui venait d'être planté, et où l'on avait réservé un endroit pittoresque que l'on appelait la Petite Suisse, était un châlet représentant une ferme avec sa laiterie. Il fallait animer ce paysage ; on fit venir de la Suisse, des vaches et une jolie laitière ; mais cette jeune Suissesse ressentit bientôt les atteintes d'une mélancolie qui menaça ses jours. On découvrit qu'elle regrettait son pays et son fiancé. La Reine fit venir Jacques, c'était le nom du jeune Suisse : elle maria et dota les deux amants. La marquise de Travanet fit alors la romance du Pauvre Jacques, dont l'air délicieux fit la fortune. Ce fut sur l'air de cette romance, que treize ans après fut composée celle où l'on faisait parler l'infortuné Louis XVI allant à la mort. Cette touchante élégie se trouve dans l'Almanach des Gens de bien, rédigé par Montjoye. Nous avons pensé qu'on serait bien aise de la retrouver, et nous la donnons à la fin de cette Notice.

La jolie chanson : Jeunes Amants, cueillez des fleurs, est tirée du petit opéra de l'Amour filial, de Demoustier, joué en 1792, et dont la charmante musique était de Gaveaux.

Le refrain : La Pitié n'est pas de l'Amour, est celui d'une romance dont la ravissante mélodie eut un prodigieux succès, et fit regretter la mort précoce du jeune compositeur Della Maria, à qui Alexandre Duval avait confié son opéra du Prisonnier, ou la Ressemblance, joué en 1798. Nous aurons occasion de reparler de ces auteurs, sur lesquels la brièveté de cette notice nous empêche de donner des détails qui ne manqueront pas d'intérêt.
DU MERSAN.

### LOUIS XVI AUX FRANÇAIS, Romance. Air du Pauvre Jacques.

O mon peuple, que vous ai-je donc fait ?
  J'aimais la vertu, la justice.
Votre bonheur fut mon unique objet,
  Et vous me traînez au supplice.

Français, Français, n'est-ce pas parmi vous
  Que Louis reçut la naissance ?
Le même ciel nous a vus naître tous :
  J'étais enfant dans votre enfance.

O mon peuple ! ai-je donc mérité
  Tant de tourments et tant de peines ?
Quand je vous ai donné la liberté,
  Pourquoi me chargez-vous de chaînes ?

Tout jeune encor, tous les Français en moi,
  Voyaient leur appui tutélaire :
Je n'étais pas encore votre roi,
  Et déjà j'étais votre père.

Quand je montai sur ce trône éclatant
  Que me destina ma naissance,
Mon premier pas dans ce poste brillant,
  Fut un édit de bienfaisance.

Le bon Henri, longtemps cher à vos cœurs,
  Eut cependant quelques faiblesses :
Mais Louis XVI, ami des bonnes mœurs,
  N'eut ni favoris, ni maîtresses.

Nommez-les donc, nommez-moi les sujets
  Dont ma main signa la sentence !
Un seul jour vit périr plus de Français,
  Que les vingt ans de ma puissance.

Si ma mort peut faire votre bonheur,
  Prenez mes jours, je vous les donne.
Votre bon roi, déplorant votre erreur,
  Meurt innocent et vous pardonne.

O mon peuple ! recevez mes adieux.
  Soyez heureux, je meurs sans peine.
Puisse mon sang, en coulant sous vos yeux,
  Dans vos cœurs éteindre la haine

LA PITIÉ N'EST PAS DE L'AMOUR, avec accompagnement de piano par M. H. COLET, professeur d'harmonie au Conservatoire.

**CHANT.**

**PIANO.**

Lorsque dans u - ne tènoh-

- scu - re Ce jeune homme est dans la douleur, Mon cœur, guidé par la na-- ture, Doit compâ-tir à son ma-

- heur. Si j'entends sa plainte tou-chan-te, Je de-viens tris-te tout le

jour. Maman, ne sois pas mécon - ten-te, La pi-tié n'est pas de l'a-mour, La pi-

- tié n'est pas de l'a-mour.

Pauvre Jacques, quand j'étais près de toi,
Je ne sentais pas ma misère ;
Mais à présent que tu vis loin de moi,
Je manque de tout sur la terre. *(bis)*

Quand tu venais partager mes travaux,
Je trouvais ma tâche légère ;
T'en souviens t-il ? tous les jours étaient beaux
Qui me rendra ce temps prospère. *(bis)*

Quand le soleil brille sur nos guérets,
Je ne puis souffrir sa lumière ;
Et quand je suis à l'ombre des forêts,
J'accuse la nature entière.
        Pauvre Jacques, etc.

L'AMOUR FILIAL.

Jeunes amans, cueillez des fleurs
Pour le sein de votre bergère,
L'amour, par de tendres faveurs,
Vous en promet le doux salaire;
Plein d'un espoir encore plus doux,
Dès que le soleil nous éclaire,
Je cueille des fleurs comme vous,
Pour orner le front de mon père. (bis)

Votre main au bord des ruisseaux,
Prépare des lits de fougère,
Vous arrondissez des berceaux,
Pour servir d'asyle au mystère;
Comme vous, de ces arbrisseaux,
Je courbe la tige légère;
Et de leurs flexibles rameaux
J'ombrage le front de mon père. *(bis)*

En accourant à son réveil,
Vous tremblez que va t-elle dire?
En sortant des bras du sommeil,
Mon père tu vas me sourire;
Vous lui ravissez quelque fois
Un baiser qu'ignore sa mère.
Moi, chaque matin, je reçois
Le premier baiser de mon père. *(bis)*

LA PITIÉ N'EST PAS DE L'AMOUR

Lorsque dans une tour obscure,
Ce jeune homme est dans la douleur,
Mon cœur guidé par la nature,
Doit compatir à son malheur.
Si j'entends sa plainte touchante,
Je reste triste tout le jour,
Maman, ne sois pas mécontente ;
La pitié n'est pas de l'amour.

Quand, à la fenêtre, discrète,
J'écoute ses plaintifs accents,
D'intérêt ma bouche est muette,
Je crois toujours que je l'entends.
Je resterais là, quand il chante,
Toute la nuit et tout le jour...
Maman, ne sois pas mécontente ;
La pitié n'est pas de l'amour.

Un jour, sa romance était tendre,
Elle enchanta tous mes esprits :
Je ne cherchais point à l'apprendre,
Et sans le vouloir je l'appris.
Depuis ce temps là je la chante,
Je la répète nuit et jour...
Maman, ne sois pas mécontente ;
La pitié n'est pas de l'amour.

JEUNES AMANTS, CUEILLEZ DES FLEURS, avec accompagnement de piano par M. H. COLET, professeur d'harmonie au Conservatoire.

**PIANO.**

*Allegro*

*Fin.*

Jeu-nes a-mants, cueil-lez des fleurs Pour le sein de vo

- tre ber-gè - re, L'a-mour, par de ten - dres fa - veurs, Vous en pro-

- met le doux sa - lai - re.

Plein d'un es-poir en - cor plus doux, Dès que le so - leil nous é - clai-re,

Je cueille des fleurs com - me vous, Pour pa-rer le front de mon

pè - re, Pour pa-rer le front de mon pè - - re.

## PAUVRE JACQUES.

*Andante.* ℅

CHANT.

Pau - vre Jacques, quand j'étais près de toi, Je ne sentais pas ma mi - sè - re;

PIANO.

*P*

Mais à pré-sent que tu vis loin de moi, Je manque de tout sur la ter - - re, Je manque de

*Fin.*

tout sur la ter - re. Quand tu ve-nais par-ta-ger mes tra-vaux, Je trou-vais ma tâ-che lé-

*Fin.*

*cres.*

- gè - re, T'en souvient-il? tous les jours é-taient beaux, Qui me rendra ce temps pros-pè - - re.

Procédés de Tantenstein et Cordel, 90, rue de la Harpe.

Paris. Impr. de F. Locquin, 16, r. N. D. des Victoires.

# LE POINT DU JOUR,

## ROMANCE DE L'OPÉRA DE GULISTAN,

Paroles de MM. de La Chabaussière et Etienne, Musique de Dalayrac,

⋄⋄⋄⋄⋄⋄⋄⋄⋄⋄⋄

# LA FIN DU JOUR,

## CHANSON PAR M. ARMAND GOUFFÉ.

DESSINS PAR M. DAUBIGNY,

GRAVURES : 1ʳᵉ ET 4ᵉ PLANCHES PAR M. MERCIER. — 2ᵉ ET 3ᵉ PLANCHES PAR M. RANSONNETTE.

Musique arrangée avec accompagnement de piano par M. H. Colet.

---

# NOTICE.

Le Gulistan est en Perse le titre d'un ouvrage du poète philosophe Saadi, né à Schiras, l'an 1193 de notre ère. Gulistan est à Paris le titre d'un opéra-comique et le nom du principal personnage. C'est dans la pièce de Gulistan, ou le Hulla de Samarcande, par MM. La Chabaussière et Etienne, jouée en octobre 1805, à l'Opéra-Comique, que se trouve la délicieuse romance du Point du Jour. Or, la scène est à Samarcande, ville d'Asie, située près des frontières de la Perse, et qui fut autrefois le séjour ordinaire du grand Tamerlan. La poésie a ses licences, mais nous ne pouvons guère nous dispenser de remarquer dans cette jolie romance des fautes de couleur locale assez singulières. FLORE est une déesse de la Mythologie romaine ou italique, dont le nom doit être peu connu d'un Hulla, et ce qui s'y trouve encore plus déplacé, c'est le jeune et sensible Troubadour. On connaît très peu les troubadours dans la Grande Tartarie, où est située la ville de Samarcande.

Si l'on consultait les Orientalistes, ils diraient aussi que le mot Gulistan est formé en Persan de GUL, rose, avec la terminaison ISTAN, qu'il signifie Jardin de Roses, et qu'il n'est jamais employé comme nom propre ; mais on n'a pas besoin de suivre un cours de Persan pour faire des romances, et un Hulla peut aussi bien s'appeler Jardin de Roses que nos maçons La Rose et nos grenadiers La Tulipe.

Cependant, le costume, dans toute l'étendue de l'acception de ce mot, doit exister au théâtre dans le style et dans le langage, autant que dans les habits et dans les décorations.

Du reste, nous dirons avec le malin Figaro : Eh mon Dieu ! nos faiseurs d'opéras-comiques n'y regardent pas de si près : et quand il y aura des accompagnements là-dessous !....

Il y en eut de délicieux. Dalayrac composa un air qui eût fait passer toutes les paroles du monde. Ce célèbre compositeur, dont nous avons déjà donné la romance de Nina (voyez notre 34ᵉ livraison), et qui excellait dans ce genre, naquit en 1753, et fut destiné au barreau, il fut même reçu avocat : mais la droiture de son âme et son goût décidé pour la musique, lui inspirèrent tant d'aversion pour la chicane, que si nous ne craignions pas d'être accusés d'un jeu de mots, nous dirions qu'il préféra faire goûter à la société les charmes de l'harmonie. Arrivé à Paris en 1774, il fut placé dans les gardes du Comte d'Artois, et se lia d'amitié avec Grétry. Langlé, auteur de *Corisandre* et excellent théoricien, qui a donné plusieurs traités de composition, en enseigna les éléments à Dalayrac. Il est glorieux d'avoir formé un tel élève, même quand on est surpassé par lui. Dalayrac a travaillé pendant trente ans, et tous ses ouvrages ont obtenu de brillants succès. Il est mort à 56 ans, nombre égal à celui de ses opéras. Ce compositeur, dont l'éducation avait été excellente, avait un esprit cultivé ; ses connaissances littéraires et ses conseils ont été souvent utiles aux auteurs qui lui confiaient leurs ouvrages : aussi le nommait-on le *Musicien-Poète*.

Le succès de la romance du *Point du Jour* fut doublé par la manière délicieuse dont elle était chantée par Martin, qui avait déjà prouvé dans celle du SECRET, *Je te perds, fugitive espérance* (voyez notre 50e livraison), qu'il savait chanter la romance d'une manière simple, pure et sentimentale.

Martin, l'un de nos plus célèbres chanteurs, était né en 1769, il était petit-fils d'un peintre du même nom, célébré par Voltaire. Fort jeune encore, il se fit remarquer et rechercher, pour sa jolie voix et son talent sur le violon. Il fut engagé, dès 1789, au *Théâtre de Monsieur*, depuis *Théâtre Feydeau*, et débuta avec le plus grand succès dans le *Marquis de Tulipano*. Martin puisa le goût et la méthode du chant italien à l'école de Viganoni, de Mandini et des premiers talents de l'Italie qui faisaient alors fleurir l'*Opéra-Buffa*. En 1794, il passa au *Théâtre Favart*, où brillaient Elleviou, Mesdames Dugazon et Saint-Aubin, et il compléta l'ensemble de cette excellente troupe. A la réunion de Favart et de Feydeau, en 1801, il devint sociétaire.

Comme acteur, Martin avait longtemps été médiocre ; uniquement occupé de la musique, il négligeait le dialogue et les effets dramatiques ; mais il parvint à acquérir l'habitude de la scène, à soigner son débit, et s'il ne fut pas un comédien du premier ordre, il devint un acteur très agréable, et il a conservé la réputation du plus habile chanteur qu'on ait entendu à l'*Opéra-Comique*. A un superbe ténor, dont les sons graves appartenaient à la basse-taille, il joignait un rare talent d'exécution. Il surmontait avec autant de facilité que de brillant les plus grandes difficultés ; il se faisait même un jeu d'en créer de nouvelles, tant il était sûr de sa méthode et de sa voix fraîche, flexible et sonore, qu'il a conservée jusque dans un âge très avancé. Martin quitta le théâtre en 1823, après trente-cinq ans de succès, et acheva paisiblement sa vie au sein de sa famille et de ses amis, il est mort depuis peu d'années.

Voilà tout ce que je puis dire au sujet du *Point du Jour*. Je désire qu'on dise à propos de ce *Point* :

*Omne tulit punctum qui miscuit utile dulci*

───◦◦◦❋◦◦◦───

Le succès du *Point du Jour* inspira la *Fin du Jour* à un de nos plus spirituels chansonniers, M. Armand Gouffé, et sa jolie chanson est pleine de philosophie et de graces : ce ne sont pas des paroles d'opéra-comique. M. Armand Gouffé, né vers 1773, a été membre des *Diners du Vaudeville* et du *Caveau Moderne*, il a précédé Désaugiers et Béranger, par lesquels il n'aurait peutêtre pas été éclipsé, s'il n'avait cessé de chanter, lorsque ses deux émules tenaient encore leur aimable lyre. Comme vaudevilliste, M. Gouffé a coopéré à un grand nombre de pièces de théâtre, celles qui ont obtenu le plus de succès, ont été faites en société avec M. Georges Duval, son ancien camarade de collège, homme d'esprit, instruit, et dont tous les ouvrages ont un cachet piquant d'originalité.

DU MERSAN.

LE POINT DU JOUR.

Le point du jour
A nos bosquets rend toute leur parure;
Flore est plus belle à son retour;
L'oiseau reprend doux chant d'amour;
Tout célèbre dans la nature
Le point du jour.

Au point du jour
Désir plus vif est toujours prés d'éclore;
Jeune et sensible troubadour,
Quand vient la nuit chante l'amour;
Mais il chante bien mieux encore
Au point du jour.

Le point du jour
Cause parfois, cause douleur extrème.
Que l'espace des nuits est court
Pour le berger brûlant d'amour,
Forcé de quitter ce qu'il aime
Au point du jour.

LA FIN DU JOUR.

La fin du jour
Sauve les fleurs et rafraîchit les belles :
Je veux, en galant troubadour,
Célébrer, au nom de l'amour,
Chanter, au nom des fleurs nouvelles
La fin du jour.

La fin du jour
Rend aux plaisirs l'habitant du village :
Voyez les bergers d'alentour
Danser en chantant tour à tour :
Ah ! comme on aime, après l'ouvrage
La fin du jour.

La fin du jour

La fin du jour
Rend le bonheur aux oiseaux du bocage;
Bravant dans leur obscur séjour
La griffe du cruel vautour,
Ils vont guetter sous le feuillage
La fin du jour.

La fin du jour
Rend aux amans et l'ombre et le mystère;
Quand Phébus termine son tour,
Vénus, au milieu de sa cour,
Avec Mars célèbre à cythère
La fin du jour.

La fin du jour
Me voit souvent commencer un bon somme;
Et pour descendre au noir séjour
En fermant les yeux sans retour
Je dirai gaiment:c'est tout comme
La fin du jour.

LE POINT DU JOUR, avec accompagnement de piano par M. H. COLET, professeur d'harmonie au Conservatoire.

Gulistan essaie son luth.
*Allegro non troppo grazioso.*

Le point du jour à nos bos-quets rend

tou-te leur pa - ru - re, Flore est plus belle

à son re-tour, L'oi - seau re-dit son chant d'amour; Tout cé-lè-bre

dans la na - tu - - re Le point du jour,

Le point du jour.

Procédés de Tantenstein et Cordel, 90, rue de la Harpe.

Paris. Impr. de F. Locquin, 16, r. N.-D. des Victoires.

# COMPLAINTE

## DE FUALDÈS,

### SUR L'AIR DU MARÉCHAL DE SAXE.

---

DESSINS PAR M. TRIMOLET.

GRAVURES : 1ʳᵉ ET 4ᵉ PLANCHES PAR M. WOLFF. — 2ᵉ ET 3ᵉ PLANCHES PAR M. LALLEMAND.

Musique arrangée avec accompagnement de piano par M. H. Colet.

---

## NOTICE.

Il est convenu qu'en France on doit rire de tout , plaisanter sur tout, que les évènements les plus graves et les plus tragiques doivent être tournés en ridicule, et que les annales même du crime, doivent être consignées dans celles de la chanson. L'esprit léger des Français veut tout voir du côté plaisant. Cette moquerie perpétuelle est un des caractères de la nation ; c'est son arme, sa vengeance, sa consolation ; mais n'est-il pas à craindre que cette manie n'émousse sa sensibilité, et est-il bien raisonnable de dire, comme Figaro : Je m'empresse de rire de tout, de peur d'être obligé d'en pleurer.

L'horrible assassinat de Fualdès fit, il y a vingt-six ans, une profonde sensation. Les circonstances mystérieuses qui l'accompagnèrent, les détails atroces de l'exécution du crime, les rôles singuliers des acteurs de ce drame, préoccupèrent vivement la société, avide d'émotions fortes. Ce procès eut dans le monde un succès du genre de celui qu'obtient aujourd'hui le roman des Mystères de Paris. C'est une singulière chose que ce goût des gens les plus parfumés, pour les tableaux de la plus hideuse dépravation ! c'est un contraste pareil à celui d'une petite maîtresse vêtue de gaze, couronnée de roses, et savourant un verre de liqueur forte. Les écrits par lesquels on enchante maintenant les esprits qui se disent les plus délicats, sont la Morgue de la Littérature.

J'avouerai que le cynisme de la plupart des productions modernes me fait regretter l'esprit maniéré de Marivaux, les guirlandes poétiques de Dorat, et les madrigaux de Boufflers et de Parny.

L'entreprise de la Complainte était le domaine des poètes de carrefour : l'extrême naïveté en était le caractère, et le peuple se contentait de ces récits à peu près rimés, parfaitement à la portée de son intelligence. Les gens qui veulent de l'esprit partout, ne pouvaient s'empêcher de sourire aux expressions grotesques et aux phrases bouffonnes employées par les troubadours populaires pour dire les choses les plus horriblement tragiques, et bientôt des chansonniers spirituels s'amusèrent à parodier les couplets des chantres privilégiés de la cour d'assises et de l'échafaud.

La complainte de l'empoisonneur Trumeau,

### Épicier droguiste et barbare,

fut longtemps regardée comme l'œuvre naïve d'un chansonnier des rues, c'était une imitation très originale de ce genre de littérature patibulaire : tout le monde fut dupe de la mystification.

Encouragé par ce succès, l'auteur de cette complainte, Catalan, dentiste et homme d'esprit, fit celle de Fualdès, qui n'eut pas moins de vogue que la première. Nous nous abstiendrons de tout commentaire, laissant aux lecteurs la liberté de juger si le mérite de l'exécution absout le poète qui a versé le ridicule sur le récit d'un attentat qui doit faire frémir l'humanité.

Le procès des assassins de Fualdès est consigné dans les journaux du temps, dans les Causes Célèbres, et dans un petit volume qui eut un grand débit. Il est donc facile d'en connaître les détails, dont la complainte donne du reste une analyse assez exacte. Nous dirons seulement, en quelques lignes, que Fualdès, magistrat distingué de la ville de Rhodès, fut attiré dans un guet-apens, conduit dans une maison mal famée, tenue par la femme Bancale, que là il fut assassiné de la manière la plus barbare, étendu sur une table, où on lui coupa la gorge, et que son sang, versé dans un baquet, fut la pâture de l'animal immonde, commensal de cet affreux logis. Le hasard avait conduit dans cette maison une femme déguisée en homme, qui y venait pour un motif bien différent, et qui fut témoin du crime et de ses horribles circonstances. Cette femme était madame Manson, née Enjalran, dont les dépositions variables, les réticences et les contradictions jetèrent sur le procès un intérêt tout à fait romanesque.

La rumeur publique accusa de cet assassinat Bastide et Jausion, beaux-frères de la victime, qui furent condamnés à mort. Leurs complices étaient des gens du plus bas étage, dont l'un, le portefaix Missonnier, était d'une stupidité qui lui fit jouer dans cette affaire le rôle du niais obligé des mélodrames du boulevart.

Pour satisfaire la curiosité publique, les portraits en cire des coupables furent moulés, montés sur des mannequins, et on vit long-temps dans la cour des Fontaines, à Paris, un endroit disposé comme le bouge de la femme Bancale, et dans lequel la scène de l'assassinat était représentée au naturel. On y assistait pour la bagatelle de deux sous, et toutes les âmes sensibles s'en procurèrent la jouissance

**DU MERSAN.**

---

Lorsque nous donnons une complainte fabriquée à plaisir, nous croyons devoir en donner une, faite de bonne foi par un chansonnier populaire qui, malheureusement, a gardé l'anonyme. Elle est du mois de février 1819, et relative à l'assassinat de deux femmes par le nommé Foulard. On peut remarquer le singulier effet des rimes masculines et féminines, transposées dans le dernier couplet.

### AIR de la Soirée orageuse.

Cœurs sensibles et vertueux,
Frémissez au nom d'un barbare.
Au tigre le plus furieux,
Avec raison l'on me compare
Les femmes VIGNOT, CHAMPOUDRY,
De ma fureur furent victimes.
On crie au voleur ! Je suis pris.
Un enfant découvre mon crime.

Devant le maire de Châtillon,
Je suis interrogé de suite.
Je prends la dénégation,
Pour éviter toute poursuite.
J'ai rêvé, dit-il, cette nuit.
Je me suis livré à la sourdine,
Et je prends mon sabre, et je dis :
Je tue tout dans la cassine.

Mais quel noir démon m'inspira ?
Quel serpent me souffla sa rage ?
Dans mon cœur d'avance il entra,
Et mon crime fut son ouvrage.
Oui, le frein du libertinage
Nous conduit à l'échafaud.
Jeunesse, soyez toujours sage.
Les méchants n'ont point de repos.

VUE DE RHODEZ ET DE SES HABITANS
DAGUERRÉOTIPÉE LE JOUR QUE
L'AFFREUSE NOUVELLE SE
REPANDIT
DANS
LA
VILLE

VÉRITABLE COMPLAINTE SUR LA MORT DE FUALDÈS.

Ecoutez, peuples de France, (1)
Du royaume de Chéli,
Peuples de Russie aussi,
Du cap de Bonne-Espérance.
Le mémorable accident
D'un crime très conséquent.

Capitale du Rouergue,
Vieille ville de Rodez,
Tu vis de sanglans forfaits
A quatre pas de l'Ambergue,
Faite par des cœurs aussi durs
Comme tes antiques murs.

De très honnête lignée
Vinrent Bastide et Jausion,
Pour la malédiction
De cette ville indignée
Car de Rodez les habitans
Ont presque tous des sentimens.

Bastide le gigantesque,
Moins deux pouces ayant six pieds,
Fut un scélérat fieffé
Et même sans politesse,
Et Jausion l'insidieux,
Sanguinaire, avaricieux.

1 BASTIDE. 2 JAUSION. 3 la BANCAL.
4 COLLARD. 5 BASH. 6 BOUSQUER. 7 MISSONNIER idem(L'IMBECILE.)
8 Cochon de la Bancal. 9 BAQUET idem.
10 CHAPEAU INCONNU. 11 CANNE IDEM

Bastide le formidable,
Le dix neuf mars à Rodez
Chez le vieillard Fualdès
Entre avec un air aimable,
Dit :je dois à mon ami
«Je fais son compte aujourd'hui.

Dedans la maison Bancale,
lieu de prostitution,
Les bandits de l'Aveyron,
Vont faire leur bacchanale:
Car pour un crime odieux,
Rien n'est tel qu'un mauvais lieu.

Ces deux beaux frères perfides
Prennent des associés;
Bach et le porteur Bousquier,
Et Missonnier l'imbécille,
Et Colard est pour certain
Un ancien soldat du train.

Dans cet infâme repaire
Ils le poussent malgré lui,
Lui déchirant son habit,
Jetant son chapeau par terre.
Et des vielleurs insolents
Assourdissent les passants.

Sans égard et sans scrupule
Il a levé le couteau;
Jansion lui dit brigaud,
Quelle action ridicule,
Un cadavre est onéreux
Que feras-tu donc de deux?

On traine l'infortunée
Sur le corps tout palpitant;
On lui fait prêter serment;
Sitôt qu'elle est engagée
Jansion officieux
La fait sortir de ces lieux.

Alors de l'affreux repaire
Sort le cortège sanglant;
Colard et Bancal devant,
Bousquier, Basch portaient derrière;
Missonnier, ne portant rien,
S'en va la canne à la main.

CLARISSE MANSON
DAGUERRÉOTIPÉE DE SOUVENIR
PAR ORDRES SUPÉRIEURS

à RHODEZ.

Clarisse voit l'air farouche
Que sur elle on a porté;
Non l'auguste vérité
Ne peut sortir de ma bouche....
Je ne fus point chez Bancal...
Mais quoi! je me trouve mal...

On prodigue l'eau des Carmes:
Clarisse aussitôt revient;
A Bastide qui soutient
Ne connaître cette dame,
Elle dit: Monstre enragé,
Tu as voulu m'égorger.

Malgré la sainte assistance
De leurs dignes confesseurs,
Ces scélérats imposteurs
Restent dans l'impénitence,
Et montent sur l'échafaud,
Sans avouer leurs défauts.

MOULE SUR NATURE
TIRÉ DES
PIÈCES DU PROCÈS

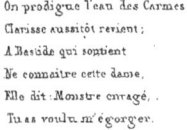

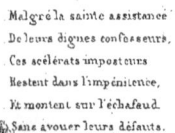

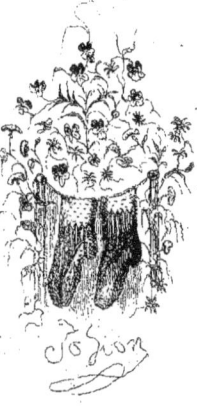

# VÉRITABLE COMPLAINTE

ARRIVÉE DE TOULOUSE,

Au sujet du CRIME AFFREUX commis à Rhodès sur la personne de l'infortuné FUALDÈS, par BASTIDE, JAUSION & complices.

Écoutez, peuples de France,
Du royaume de Chili,
Peuples de Russie aussi,
Du cap de Bonne Espérance,
Le mémorable accident
D'un crime très-conséquent.

Capitale du Rouergue,
Vieille ville de Rhodez,
Tu vis de sanglants forfaits
A quatre pas de l'Ambergue,
Faits par des cœurs aussi durs
Comme tes antiques murs.

De très honnête lignée
Vinrent Bastide et Jausion,
Pour la malédiction
De cette ville indignée ;
Car de Rhodez les habitants
Ont presque tous des sentiments.

Bastide le gigantesque,
Moins deux pouces ayant six pieds,
Fut un scélérat fieffé
Et même sans politesse,
Et Jausion l'insidieux
Sanguinaire, avaricieux.

Ils méditent la ruine
D'un magistrat très prudent,
Leur ami, leur confident ;
Mais ne pensant pas le crime,
Il ne se méfiait pas
Qu'on complotait son trépas.

Hélas ! par un sort étrange,
Pouvant vivre honnêtement,
Ayant femmes et enfants,
Jausion, l'agent de change,
Pour acquitter ses effets,
Résolut ce grand forfait.

Bastide le formidable,
Le dix-neuf mars, à Rhodez,
Chez le vieillard Fualdès
Entre avec un air aimable,
Dit : « Je dois à mon ami,
» Je laisse un compte aujourd'hui. »

Ces deux beaux frères perfides
Prennent des associés,
Bach et le porteur Bousquier,
Et Missonnier l'imbécile,
Et Colard est pour certain
Un ancien soldat du train.

Dedans la maison Bancale,
Lieu de prostitution,
Les bandits de l'Aveyron,
Vont faire leur bacchanale ;
Car pour un crime odieux,
Rien n'est tel qu'un mauvais lieu.

Alors le couple farouche
Saisit Fualdès au Terral ;
Avec un mouchoir fatal
On lui tamponne la bouche ;
On remplit son nez de son
Pour intercepter le son.

Dans cet infâme repaire
Ils le poussent malgré lui,
Lui déchirant son habit,
Jetant son chapeau par terre
Et des vieilleurs insolents
Assourdissent les passants.

Sur la table de cuisine
Ils l'étendent aussitôt ;
Jausion prend son couteau
Pour égorger la victime ;
Mais Fualdès, d'un coup de temps,
S'y soustrait adroitement.

Sitôt Bastide l'Hercule
Le relève à bras tendus,
De Jausion éperdu,
Prenant le fer homicide,
Est-ce là comme on s'y prend,
Vás, tu n'es qu'un innocent.

Puisque sans raison plausible,
Vous me tuez, mes amis,
De mourir en étourdi,
Cela ne m'est pas possible,
Ah ! laissez-moi dans ce lieu
Faire ma paix avec Dieu.

Ce géant épouvantable
Lui répond grossièrement :
Tu pourras dans un instant
Faire paix avec le Diable,
Ensuite d'un large coup
Il lui traverse le cou.

Voilà le sang qui s'épanche,
Mais la Bancale aux aguets,
Le reçoit dans un baquet,
Disant : En place d'eau blanche,
Y mettant un peu de son,
Ça sera pour mon cochon.

Fualdès meurt, et Jausion fouille,
Prenant le passepartout,
Dit : Bastide, ramasse tout,
Il empoigne la grenouille,
Bague, clef, argent comptant,
Montant bien à dix-sept francs.

Alors chacun à la hâte,
Colard, Benoît, Missonnier,
Et Bach, le contrebandier,
Mettant la main à la pâte,
Le malheureux maltraité
Se trouve être empaqueté.

Certain bruit frappe l'ouïe
De Bastide furieux,
Un homme s'offre à ses yeux,
Qui dit : Sauvez-moi la vie,
Car, sous ce déguisement,
Je suis Clarisse Enjalran.

Lors d'une main téméraire,
Ce monstre licencieux,
Veut s'assurer de son mieux
A quel homme il a affaire,
Et trouvant le fait constant,
Teint son pantalon de sang.

Sans égard et sans scrupule
Il a levé le couteau,
Jausion lui dit : Nigaud,
Quelle action ridicule !
Un cadavre est onéreux,
Que feras-tu donc de deux ?

On traîne l'infortunée
Sur le corps tout palpitant ;
On lui fait prêter serment,
Sitôt qu'elle est engagée,
Jausion efficace
La fait sortir de ces lieux.

Quand ils sont dedans la rue,
Jausion lui dit d'un air fier :
Par le poison ou le fer,
Si tu causes t'es perdue.
Manson rend du fond du cœur
Grâce à son tendre sauveur.

Bousquier dit avec franchise,
En contemplant cette horreur :
Je ne serai pas porteur
De pareille marchandise.
Comment, mon cher ami Bach,
Est-ce donc là ton tabac ?

Mais Bousquier faisant la mine
De sortir de ce logis,
Bastide prend son fusil,
L'applique sur la poitrine
De Bousquier, disant : Butor,
Si tu bouges, tu es mort.

Bastide, ivre de carnage,
Donne l'ordre du départ,
En avant voilà qu'il part,
Jausion doit fermer la marche,
Et les autres du brancard
Saisissent chacun un quart.

Alors de l'affreux repaire,
Sort le cortège sanglant ;
Colard et Bancal devant,
Bousquier, Bach portaient derrière ;
Missonnier, ne portant rien,
S'en va la canne à la main.

En allant à la rivière,
Jausion tombe d'effroi.
Bastide lui dit : Eh quoi !
Que crains-tu ? Le cher beau-frère
Lui répond : Je n'ai pas peur,
Mais tremblant comme un voleur.

Enfin l'on arrive au terme,
Le corps désempaqueté,
Dans l'Aveyron est jeté ;
Bastide alors, d'un air ferme,
S'éloigne avec Jausion :
Chacun tourne les talons.

Par les lois de la physique,
Le corps du pauvre innocent,
Se trouvant privé de sang,
Par un miracle authentique,
Surnage, aux regards surpris,
Pour la gloire de Thémis.

L'on s'enquiert et l'on s'informe
Les assises d'Aveyron
Prennent condamnation
Par un arrêt bien en forme,
Qui, pour quelque omission
A subi cassation.

En vertu d'une ordonnance
La cour d'assises d'Albi,
De ce forfait inouï
En doit prendre connaissance ;
Les fers aux mains et aux pieds,
Ces monstres sont transférés.

Le chef de gendarmerie
Et le maire de Rhodez
Ont inventé, tout exprès,
Une cage bien garnie,
Qui les expose aux regards,
Comme tigres et léopards.

La procédure commence ;
Bastide le Rodomont,
Au témoin qu'il confond,
Parle avec impertinence,
Quoique entouré de recors,
Il fait le drôle de corps.

Tous adoptent le système
De la dénégation ;
Mais cette œuvre du démon
Se renverse d'elle-même ;
Et leurs contradictions
Servent d'explications.

Pressé par leur conscience,
Bach et la Bancal, tous deux
Font des aveux précieux ;
Malgré cette circonstance,
Les beaux-frères accusés
N'en sont pas déconcertés.

Qui vous a sauvé, Clarisse ?
Dit l'aimable président ;
— Il vous faut, en ce moment,
Le nommer à la justice :
Est-ce Veynac ou Jausion ?
Je ne dis ni oui ni non.

Clarisse voit l'air farouche
Que sur elle on a porté ;
Non, l'auguste vérité
Ne peut sortir de ma bouche...
Je ne fus point chez Bancal...
Mais quoi ! je ne trouve mal...

On prodigue l'eau des Carmes ;
Clarisse aussitôt revient ;
A Bastide qui soutient
Ne connaître cette dame,
Elle dit : Monstre enragé,
Tu as voulu m'égorger.

Si l'on en croit l'éloquence
De chacun des avocats,
De tous ces vils scélérats
Manifeste est l'innocence ;
Mais malgré leurs rubes rébus,
Ce sont des propos perdus.

De Clarisse l'innocence,
Paraît alors dans son jour ;
Elle prononce un discours
Qui commande le silence,
Et n'aurait pas plus d'éclat
Quand ce serait son état.

« Dans cet asile du crime,
« Imprudente et voilà tout,
« Pleurs, débats, j'entendis tout,
« Derniers cris de la victime :
« Me trouvant là par hasard,
« Et pour un moment d'écart. »

A la fin tout débat cessé
Par la condamnation
De Bastide et de Jausion ;
Colard, Bach et la tigresse,
Par un légitime sort,
Subissent l'arrêt de mort.

De la clémence royale,
Pour ses révélations,
Bach est l'objet. Pour raisons
On conserve la Bancale ;
Jausion, Bastide et Colard
Doivent périr sans retard.

A trois heures et demie,
Le troisième jour de juin,
Cette bande d'assassins
De la prison est sortie ;
Pour subir leur châtiment,
Aux termes du jugement.

Bastide vêtu de même,
Et Colard comme aux débats,
Jausion ne l'était pas,
A sa famille qu'il aime,
Envoie une paire de bas
En signe de son trépas.

Malgré la sainte assistance
De leurs dignes confesseurs,
Ces scélérats imposteurs
Restent dans l'impénitence,
Et montent sur l'échafaud
Sans avouer leurs défauts.

(Dernières paroles de Jausion à sa
femme.)

Épouse sensible et chère,
Qui, par mon ordre inhumain,
M'as si bien prêté la main
Pour l'orfeit le secrétaire,
Élève nos chers enfants
Dans tes nobles sentiments.

COMPLAINTE DE FUALDÈS, avec accompagnement de piano par M. H. COLET, professeur d'harmonie au Conservatoire.

Procédés de Tanteustein et Cordei, 90, rue de la Harpe.

(1) Ceux qui chantent cet air dans les rues font toujours le SOL BÉCARRE.

Paris, Impr. de F. Locquin, 16, r. N.-D. des Victoires.

# LE RÉCIT DU CAPORAL

## DANS UNE NUIT DE LA GARDE NATIONALE,

### VAUDEVILLE DE MM. SCRIBE ET POIRSON,

#### MUSIQUE DE FEU DESPINOIS.

---

#### DESSINS PAR M. TRIMOLET.

GRAVURES : 1re ET 4e PLANCHES PAR M. MONNIN. — 2e ET 3e PLANCHES PAR Mlle GOUJON.

Musique arrangée avec accompagnement de piano par M. G. Colet.

---

## NOTICE.

En 1815, on ne pouvait faire un pas sans entendre fredonner à son oreille

> Je pars,
> Déjà de toutes parts.....

C'était un couplet de facture fort piquant, à l'époque où dans les vaudevilles on mettait encore des couplets de facture, et où les vaudevillistes savaient faire des couplets. M. Scribe était au Havre, dans la famille de son ami Casimir Delavigne, il entendit jouer sur le piano un air de valse que venait de composer le maître de musique des jeunes personnes, homme de talent, qui avait reçu des leçons de Gluck, et il fit son couplet sur cet air qui lui dut l'honneur de devenir populaire. M. Scribe débutait alors dans la carrière du vaudeville, qu'il a suivie avec tant de bonheur et de talent. Un modeste incognito cachait encore son nom maintenant célèbre, car l'un ne marche pas sans l'autre, et il ne livrait au public que son prénom d'Eugène.

La pièce d'une Nuit de la garde nationale eut un grand succès, un succès de vogue, et ce ne fut pas seulement le sujet, neuf alors, qui motiva ce succès : mais la manière dont il était traité ; car on donna à la même époque aux Variétés une pièce du même genre qui tomba tout à plat.

Il faut dire que la pièce était merveilleusement jouée, que Minette fut charmante dans le petit tambour, qu'Hippolyte fut très original dans le personnage de M. Pigeon qui est devenu un type, et que l'on voit encore sur une enseigne de la rue de Seine, et qu'Isambert chanta délicieusement le couplet de facture. Déjà dans ce petit tableau, M. Scribe avait joint au comique, une de ces intrigues légères et gracieuses, quelques uns de ces agencements de goût, qui décélaient l'auteur de bonne compagnie, en qui annonçaient le continuateur de Marivaux.

Que l'on ne prenne pas pour une épigramme ce point de ressemblance, car ce qu'on est convenu d'appeler ironiquement le 𝔐𝔞𝔯𝔦𝔳𝔞𝔲𝔡𝔞𝔤𝔢, prouve que ceux qui parlent ainsi ne connaissent pas Marivaux, et ne l'ont pas étudié : qu'ils ne l'ont même peut-être pas lu. Tout ce qu'a écrit Marivaux est semé de traits fins et délicats, d'aperçus où les secrets du cœur sont cherchés jusque dans les moindres replis, et de mots heureux auxquels il ne manque pour être entendus que d'être bien dits : comme les disait encore il y a peu de temps mademoiselle Mars. Une langue pour être bien comprise, doit être bien parlée.

Mais, dira-t-on, le langage de Marivaux dans un corps de garde ! Pourquoi pas ? Il y a corps de garde et corps de garde ; et selon la légion et la compagnie qui le compose, il ressemble tantôt à un estaminet, tantôt à un club, tantôt à un salon de la Chaussée-d'Antin.

Quant à la localité, le corps de garde est ordinairement une salle basse, dont les murs seraient nus, s'ils n'étaient ornés d'arabesques et d'inscriptions de toutes sortes de styles. Le désœuvrement guide la main de celui qui y trace des sentences burlesques ou morales. Le charbon du poêle sert de crayon à l'artiste qui improvise sur les murailles un hussard à cheval, un grenadier la pipe à la bouche, un cœur enflammé, ou quelques hiéroglyphes plus ou moins réjouissants.

Il y a dans un corps de garde, les dormeurs, les joueurs, l'orateur et le farceur. Chacun y joue son rôle sans s'inquiéter s'il gêne les autres. Le lit de camp, quelques bancs, un bidon de ferblanc, un poêle dégradé, complètent l'ameublement, avec le ratelier pour les fusils, et la planche à mettre les schakos. C'est dans ce lieu, souvent enfumé, éclairé par des lampes dont la lumière s'échappe à regret, que se réunissent pour vingt-quatre heures les citoyens zélés qui passent par dessus les petites considérations de paresse, d'égoïsme, de plaisirs, et ceux qui ne craignent pas le ridicule dont on stigmatise chez nous l'homme qui a la bonhomie de faire son devoir.

Cette réunion improvisée a un caractère tout français. L'avocat, le bon bourgeois, le dandy, l'homme de lettres, l'agent de change, l'employé, le notaire, l'artisan et le fils du pair de France, sont d'abord alignés par rang de taille. Les premiers numéros sont pour les plus grands, les derniers souvent pour l'homme de mérite : c'est à peu près comme dans le monde.

L'homme de lettres commande le poste, le notaire est sergent, le banquier est caporal : Le marquis est simple soldat : mais il paye le punch, et il établit ainsi sa supériorité morale. Un écarté commence, l'agent de change et le banquier gagnent en considération ce qu'ils perdent en pièces de vingt francs.

La conversation s'anime, et de particulière devient générale, surtout quand cette teinte d'actualité qui colore tout aujourd'hui, la fait palpiter de son puissant intérêt. On parle de modes, de commerce, de l'Opéra, des feuilletons ; mais aussi on parle politique et bientôt on ne s'entend plus. De la politique on tombe sur la littérature : Je pourrais dire on tombe avec elle.

Le corps de garde est une lanterne magique, un panorama où passent tour à tour les trois quarts des citoyens, les uns de gré, les autres de force. Mais tel qui se plaint de l'invention de la garde nationale, ne la croit pas d'origine aussi ancienne qu'elle l'est en France. Dès 1358, le Prévôt des marchands, Marcel, rassembla sur la place Saint-Éloi trois mille Parisiens armés qui firent trembler le dauphin. À l'époque de la ligue la garde bourgeoise s'organisa par compagnies que commandaient des quarteniers. En 1789, par un mouvement spontané, se forma la garde nationale parisienne, qu'une commotion électrique organisa presque aussitôt dans toute la France. Licenciée sous la Restauration, elle reparut en juillet 1830, et la chanson de M. Scribe faite en 1815 est encore l'histoire de la garde nationale d'aujourd'hui.

DU MERSAN.

UNE NUIT
DE LA
GARDE NATIONALE

Je pars,
Déjà de toutes parts,
La nuit sur nos remparts
Étend son ombre,
Sombre;
Chez vous,
Dormez époux jaloux,
Dormez, tuteurs, pour vous
La patrouille
Se mouille.
Au bal
Court un original,
Qui d'un faux pas fatal
Redoutant l'infortune,
Marche d'un air contraint,
S'éclabousse... et se plaint
D'un réverbère éteint,
Qui comptait sur la lune.

Un luron,
Que l'instinct gouverne,
A défaut de sa raison !
Va frappant à chaque taverne
Les prenant pour sa maison.
J'examine,
Cette mine
Qu'enlumine
Un rouge bord ;
Quand au poste
Qui l'accoste,
Il riposte :
Verse encor.
Je vois
Revenir un bourgeois
Qui, charmé de sa voix,
Sort gaiment du parterre ;
Il chante, et plus content qu'un Dieu,
Il écorche avec feu
Un air de Boyeldieu.
Plus loin,
Près du discret cousin,
En modeste sapin,
Rentre la financière ;

Quand sa couturière
Sort de Tivoli
Dans le galant wiski
Que prête son mari :
Ames yeux s'ouvre une fenêtre
Que lorgnait un amateur,
Mais je crois le reconnaître
Et ce n'est pas un voleur.

Je m'efface
Pour qu'on fasse
Volte-face
A l'instant ;
(A voix basse)
Car la belle,
Peu cruelle,
Était celle
Du sergent.
Jugeant
En chef intelligent,
Que rien n'était urgent
Quand la ville
Est tranquille,
Je rentre, et voici, général,
Le récit littéral
Qu'en fait le caporal.

LE RÉCIT DU CAPORAL, avec accompagnement de piano, par M. H. COLET, professeur d'harmonie au Conservatoire.

Je pars, Dé-jà de tou-tes parts La nuit sur nos rem-

- parts Etend ses voi-les sombres; Chez vous, Dormez, Epoux Jaloux, Dormez, tuteurs, pour

vous La pa-trouille Se mouille. Au bal Court un o-ri-gi-nal Qui, d'un faux pas fa-

- tal Re-dou-tant l'in-for - tu-ne, Marche d'un air con - traint, S'éclabousse et se

plaint D'un réverbère é-teint Qui compte sur la lu-ne; Le lurron que l'instinct gou-

-ver-ne A dé-faut de sa raison, Va frappant à chaque ta-ver-ne, Les pre-

-nant pour sa maison. J'e-xa-mi-ne Cet-te mi-ne Qu'enlu-mine Un rou-ge

bord; Quand au pos-te, Qui l'ac-cos-te, Il ri-pos-te: Verse en-cor. Je

vois re-ve-nir un bourgeois Qui, charmé de sa voix, Sort gaiment du par-ter-re; Il

chante, et, plus content qu'un dieu, Il é-corche a-vec feu Un air de Bo-ïel-dieu. Plus

(Procédés de Taulenstein et Cordel, 90, rue de la Harpe.)

Paris. Imp. de F. Locquin, 16, rue N. D. des Victoires.

# PLUS ON EST DE FOUS, PLUS ON RIT,

## CHANSONNETTE BACCHIQUE

## PAR M. ARMAND GOUFFÉ,

### MUSIQUE DE M. FASQUEL.

———

### DESSINS PAR M. DU BOULOZ. — GRAVURES PAR M. NARGEOT,

Musique arrangée pour le piano par M. H. Colet.

———

# NOTICE.

Les Vers sont enfants de la Lyre
Il faut les chanter, non les lire.
LA MOTTE.

Beaucoup de chansons qui paraissent charmantes lorsqu'on les chante, perdraient beaucoup à la lecture. D'autres qui sont très jolies le paraissent moins lorsqu'elles sont chantées par des profanes, j'entends par ce mot les gens qui ne sont pas initiés à l'art de faire valoir le couplet. Aussi quelqu'un à qui on proposait d'entendre une chanson, demandait qu'on lui donnât le chansonnier avec. Ce n'est pas que tous les auteurs de chansons aient le talent de les bien chanter, talent que possédaient Désaugiers et Brazier, Désaugiers surtout. De même certains auteurs de vers et de comédies lisent déplorablement leurs ouvrages, témoin Corneille, à qui Boileau disait : J'ai trouvé votre pièce bonne, quoique vous l'ayez lue vous-même.

Tout ce préambule vient à propos de la chanson d'Armand Gouffé, qui ne chantait pas aussi gaiment et aussi agréablement qu'il écrivait, et qui ayant composé sa chanson sur l'air Tenez, moi, je suis un bon homme, la chanta au Caveau moderne, où elle produisit peu d'effet.

Cette chanson avait été faite au sujet de l'admission de plusieurs nouveaux convives aux Dîners de la Société épicurienne.

Quelques mois après, à un dîner auquel avaient été invités divers artistes, M. Fasquel, professeur de harpe, demanda la permission de faire entendre un air qu'il avait composé sur la chanson d'Armand Gouffé. Cet air était entraînant, il produisit le plus grand effet, il fut chanté, rechanté, la chanson parut délicieuse, délirante ; elle eut bientôt une grande vogue, et le refrain chanté en chœur, lui donna l'allure bacchique qui convient à une chanson de table.

La chanson n'était ni plus ni moins jolie que lorsque le poète l'avait composée : mais la musique donnait aux paroles leur véritable expression, et voilà justement comme le meilleur opéra-comique réussit ou tombe, selon qu'il sort des mains d'un bon ou d'un mauvais compositeur. Voilà ce qui explique les succès de Sédaine et Grétry, de Marsollier avec Dalayrac, d'Étienne avec Nicolo, de Scribe avec Auber.

La musique est la coquetterie de la chanson. La plus jolie femme en négligé, n'a pas autant de ressources pour plaire, que lorsqu'une parure élégante et bien assortie aux qualités qu'elle possède, en fait valoir tous les avantages.

Nous avons déjà parlé de M. Armand Gouffé, à propos de sa chanson intitulée l'Éloge de l'Eau, dans notre 47ᵉ livraison, et de celle de la Fin du Jour, qui se trouve dans la 67ᵉ. M. Armand Gouffé a composé sa chanson en 1807, elle est dans le Journal des Gourmands et des Belles du mois de décembre de cette année, qui était la seconde de la résurrection du Caveau, sous le titre de Société épicurienne.

On a étrangement abusé de ce mot, Épicurien. Beaucoup de gens croient qu'Épicure était un matérialiste, un gourmand, un buveur, adonné aux plaisirs des sens, et cela peutêtre à cause du passage d'Horace (Liv. 1, ép. 4, v. 16), où ce poète, qui professait la philosophie d'Épicure, plaisante en écrivant à Tibule :

Me pinguem ac nitidum bene curatâ cute vises,
Quum ridere voles Epicuri de grege porcum.

« Quand vous voudrez rire, venez me voir gras, brillant de santé, le teint fleuri, vrai pourceau du troupeau d'Épicure. »

Mais Épicure fut calomnié comme le sont tous les hommes d'un grand mérite. Les stoïciens cherchèrent à donner de mauvaises interprétations à ses sentiments, et en tirèrent de pernicieuses conséquences. Il est si facile de dénaturer et de souiller les choses les plus pures.

Épicure enseignait à ses disciples que le bonheur de l'homme est dans la volupté, non des sens et du vice, mais de l'esprit et de la vertu. Il tâchait de leur inspirer l'enthousiasme de la sagesse, la tempérance, la frugalité, l'éloignement des affaires publiques, la modération dans la dispute, la fermeté de l'ame, le goût des plaisirs honnêtes et le mépris de la vie.

À toutes les calomnies forgées contre lui par l'imposture, il n'opposa que le silence et une vie exemplaire.

L'épicurisme négligé ou ignoré dans les siècles de barbarie qui suivirent la décadence de l'empire romain, ne sortit de l'oubli que dans le dernier siècle, par les soins du célèbre Gassendi, qui, interprétant les sentiments d'Épicure d'une manière favorable, illustra la doctrine du philosophe grec par ses écrits et par ses mœurs. Il eut pour disciples, Molière, Chapelle et Bernier, dont les exemples et les leçons soumirent à la philosophie d'Épicure plusieurs hommes distingués, qui formèrent parmi nous différentes écoles d'épicurisme moral ou littéraire. La plus ancienne tenait ses assemblées chez la fameuse Ninon de Lenclos : c'est là que venait s'inspirer tout ce que la cour et la ville avaient d'hommes polis et voluptueux, et particulièrement Saint-Évremond, qui fit pour le portrait de Ninon, ces vers :

L'indulgente et sage nature
A formé l'ame de Ninon,
De la volupté d'Épicure
Et de la vertu de Platon.

Puis vint la Société du Temple, où brillèrent Chaulieu, La Fare, J.-B. Rousseau, Palaprat, le duc de Nevers, le maréchal de Catinat et d'autres noms célèbres. L'École de Sceaux, chez la duchesse du Maine, plus décente que celle du Temple, compta La Motte, Fontenelle, Voltaire, etc. Enfin la petite Société épicurienne du Caveau, réunit les plaisirs du Parnasse et de la table, elle était composée des deux Crébillon, de Gresset, Piron, Gentil-Bernard, Saurin, Collé et Gallet. Laujon, qui en était le plus jeune, se trouva le doyen du Caveau moderne, et fit la transition entre les deux Sociétés Épicuriennes, dont Armand Gouffé fut un des plus aimables soutiens, avec Désaugiers, Béranger et..... mais la nomenclature serait trop longue. Toutefois, si, d'après le proverbe qu'Armand Gouffé a pris pour refrain : Plus on est de fous, plus on rit, on doit bien rire dans le monde, où, comme le dit un proverbe encore plus ancien, celui de Salomon, Stultorum numerus est infinitus : le nombre de fous est infini !

DU MERSAN.

PLUS ON EST DE FOUS,                    PLUS ON RIT

Des frêlons bravant la piqûre,          Ma règle est plus douce et plus prompte
Que j'aime à voir dans ce séjour        Que les calculs de nos savans.
Le joyeux troupeau d'épicure            C'est le verre en main que je compte
Se recruter de jour en jour !           Mes vrais amis, les bons vivans !
Francs buveurs, que Bacchus attire      Plus je bois, plus leur nombre augmente;
Dans ces retraites qu'il chérit,        Et quand ma coupe se tarit,
Avec nous venez boire et rire....       Au lieu de quinze j'en vois trente !...
Plus on est de fous, plus on rit.       Plus on est de fous, plus on rit.

Si j'avais une salle pleine
Des vins choisis que nous sablons
Et grande au moins comme la plaine
De Saint-Denis ou des Sablons,
Mon pinceau, trempé dans la lie,
Sur tous les murs aurait écrit :
« Entrez, enfants de la folie.....
» Plus on est de fous, plus on rit.

« Entrez soutiens de la sagesse,
« Apôtres de l'humanité ;
« Entrez, amis de la richesse ;
« Entrez, amants de la beauté ;
« Entrez, fillettes dégourdies,
« Vieilles qui visez à l'esprit ;
« Entrez, auteurs de tragédies....
« Plus on est de fous, plus on rit. »

Puisque notre vie a des bornes,
Aux enfers un jour nous irons;
Et malgré le Diable et ses cornes
Aux enfers un jour nous rirons...
L'heureux espoir!.. que vous en semble?..
Or, voici ce qui le nourrit:
Nous serons là bas tous ensemble....
Plus on est de fous, plus on rit.

Des frê - lons bra - vânt la pi - qû - re,
Que j'aime à voir dans ce sé-jour Le joyeux trou-peau d'E - pi - cu-re Se re-cru-
- ter de jour en jour! Francs bu-veurs, que Bacchus at - ti - re
Dans ces re - trai - tes qu'il ché - rit, A - vec nous, ve -

-nez boire et ri - re: Plus on est de fous, Plus on est de fous, plus on

rit; A - vec nous, ve - nez boire et ri - re:

Plus on est de fous, Plus on est de fous, plus on rit Plus on est de fous, Plus on est de

fous, Plus on est de fous, plus on rit, Plus on est de fous, plus on rit.

*Fin.*

Paris. Impr. de F. Locquin, 15, r. N.-D. des Victoires.

# RICHARD-COEUR-DE-LION,

## OPÉRA, PAROLES DE SEDAINE, MUSIQUE DE GRÉTRY,

### UNE FIÈVRE BRULANTE. -- QUE LE SULTAN SALADIN.

### LA DANSE N'EST PAS CE QUE J'AIME.

---

DESSINS PAR M. STEINHEIL,

GRAVURES : 1ʳᵉ et 4ᵉ PLANCHES PAR M. RASPAIL. — 2ᵉ et 3ᵉ PLANCHES PAR M. ROZE.

Musique arrangée avec accompagnement de piano par M. H. Colet.

---

# NOTICE.

Faites de la mélodie, compositeurs trop savants, et au bout de soixante ans, on vous chantera encore, comme on chante Grétry. Quelques ouvriers en musique lui contestaient la science, c'est à dire la connaissance profonde des accords et des effets d'harmonie. Il ne parlait pas, suivant eux, la langue musicale avec correction. On lui reprochait des fautes contre les règles. Il répondait : Je sais que j'en fais quelquefois ; mais je veux les faire. Que serait le génie si on lui enlevait le droit de sortir de la route battue? Mais il n'en sort qu'avec le goût, guide que le ciel lui donne pour l'empêcher de s'égarer. Grétry ne sépara jamais la musique des paroles ; il voulait qu'elle eût toujours un rapport direct à ce qu'elle exprimait, à ce qui précédait et à ce qui allait suivre. C'est ce qu'il a si heureusement fait dans Richard-Cœur-de-Lion. Les airs de cette admirable composition sont devenus populaires au moment même de leur apparition, et le sont encore après plus d'un demi-siècle. Grétry, né à Liége, le 11 février 1741, d'un père musicien, fut destiné par lui à suivre la même carrière ; mais la nature elle-même semblait l'y avoir prédestiné. Dès l'âge de quatre ans, le bruit de l'eau en ébullition, renfermée dans un vase de fer, frappa son oreille d'une sorte d'harmonie, il se mit à danser en mesure. Curieux, si jeune encore, de savoir comment s'opérait ce murmure singulier qui causait ses transports, il renversa sur les charbons ardents le vase qui fit explosion ; il fut suffoqué et brûlé, il faillit perdre la vie. A six ans, il fut confié à un maître de musique, sous lequel il éprouva les traitements les plus barbares que l'on puisse imaginer. Il débuta dans la vie par des larmes; c'est ainsi que nous y entrons tous, les laissant aux autres quand nous en sortons. A douze ans, une solive qui pesait trois ou quatre cents livres lui tomba sur la tête. On lui donna l'extrême-onction. Revenu à lui, après son funeste accident, il s'écria : Puisque je ne suis pas mort, je serai honnête homme et bon musicien. A dix-huit ans, Grétry avait déjà composé plusieurs symphonies. On lui conseilla d'aller étudier à Rome, et malgré l'opposition de ses parents, malgré la faiblesse de sa santé, il partit à pied à la fin de mars 1759, sous la conduite d'un vieux contrebandier qui lui servit de guide fidèle. Grétry ne démentit pas les espérances qu'avaient dû donner son talent et son caractère. On était étonné qu'il composât des ouvrages aussi gais, avec un caractère porté à la mélancolie. Mais il était mélancolique, comme tous les observateurs, et comme tous les hommes pénétrés de l'étude de la vérité. En trente-quatre ans, Grétry a composé plus de cinquante opéras, et il a eu cinquante succès. Il expira le 24 septembre 1813.

Nous aurons occasion, dans une autre Notice, de parler de Sedaine, qui avait soixante-cinq ans lorsqu'il donna Richard-Cœur-de-Lion, et qui ne vécut pas assez pour voir la brillante reprise de cet opéra, qui avait été interrompu pendant les jours orageux de la Révolution. Napoléon permit de le rejouer en 1808, il y avait à peine dix ans que Sedaine était mort, et grace à cette loi de vandales, qui fait que les enfants et la veuve d'un homme de talent n'héritent pas du fruit de ses travaux, les comédiens touchèrent les droits d'auteur de Richard-Cœur-de-Lion.                       DU MERSAN.

AIRS de RICHARD CŒUR-DE-LION, avec accompagnement de piano par M. H. COLET, professeur d'harmonie au Conservatoire.

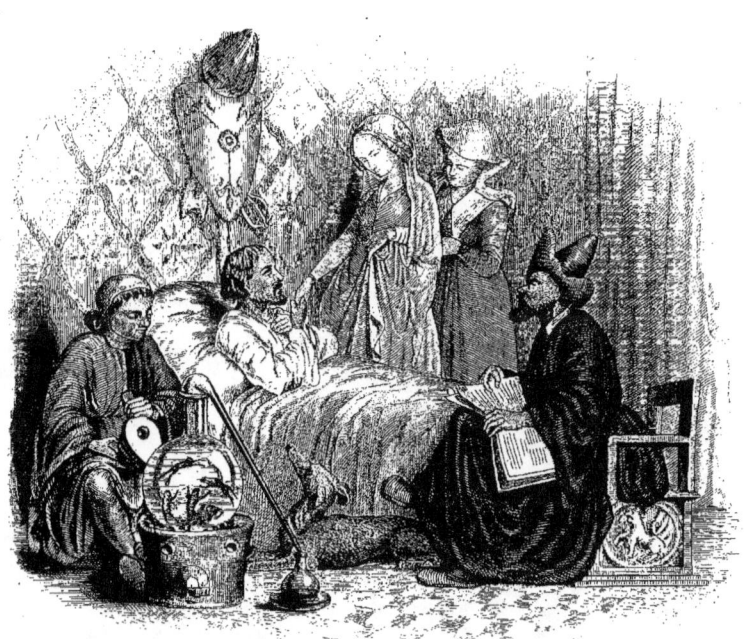

Une fièvre brulante
Un jour me terrassait,
Et de mon corps chassait
Mon ame languissante :
Madame approche de mon lit
Et loin de moi la mort s'enfuit.
Un regard de ma belle
Fait dans mon tendre cœur
A la peine cruelle
Succéder le bonheur,

Dans une tour obscure
Un Roi puissant languit ;
Son serviteur gémit
De sa triste aventure
Si Marguerite était ici
Je n'écrirais plus de souci,
Un regard de ma belle
Fait dans mon tendre cœur
A la peine cruelle
Succéder le bonheur.

Que le Sultan Saladin
Rassemble dans son Jardin
Un troupeau de Jouvencelles,
Toutes jeunes, toutes belles,
Pour s'amuser le matin.
    C'est bien, c'est bien,
Cela ne nous blesse en rien;
Moi je pense comme grégoire.
    J'aime mieux boire.

Qu'un Seigneur, qu'un haut Baron,
Vende jusqu'à son donjon
Pour aller à la croisade,
Qu'il laisse sa camarade
Dans la main de gens de bien,
   C'est bien, c'est bien,
Cela ne me gêne en rien;
Moi je pense comme Grégoire,
   J'aime mieux boire.

Que le vaillant Roi Richard
Aille courir maint hazard
Pour aller loin d'Angleterre
Conquérir un autre terre
Dans le pays d'un payen,
   C'est bien, c'est bien,
Cela ne nous blesse en rien;
Moi je pense comme Grégoire,
   J'aime mieux boire.

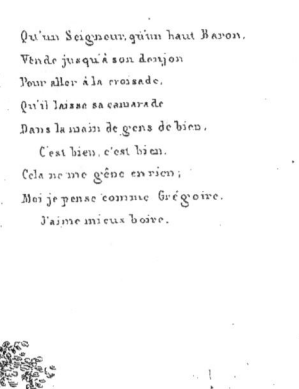

La danse n'est pas ce que j'aime
Mais c'est la fille à Nicolas;
Lorsque je la tiens par le bras,
Alors mon plaisir est extrême,
Je la presse contre moi-même;
Et puis nous nous parlons tout bas:
Que je vous plains, vous ne la verrez pas.

Elle a quinze ans, moi j'en ai seize,
Ah! si la mère Nicolas
N'était pas toujours sur nos pas;
Eh! bien, quoique cela déplaise,
Auprès d'elle je suis bien aise;
Et puis nous nous parlons tout bas:
Que je vous plains, vous ne la verrez pas.

BLONDEL joue l'air sur son violon, et chante en même temps.

Andante.

CHANT.

PIANO.

Que le sultan Sa - la - din Rassem-ble dans son jar-din Un trou-

- peau de jouven-celles, Toutes jeu-nes, toutes belles, Pour s'amuser le ma-tin, C'est bien, C'est

bien, Ce - la ne nous blesse en rien, Moi je pense comme Grégoi-re, J'ai-me mieux boi - re, J'ai -

REFRAIN en chœur.

- me mieux boi - re. Moi, je pense com-me Grégoire, J'ai me mieux boi - re, J'ai - me mieux boi -

- re.

regard de ma bel - le Fait dans mon tendre cœur. A la pei-ne cru-el - le, Succéder le bon heur!

regard de ma bel - le Fait, dans mon tendre cœur, A la pei-ne cru-el - le Suc-céder le bon-heur.

## LA DANSE N'EST PAS CE QUE J'AIME.

*Larghetto.* ANTONIO.

CHANT.

PIANO.

La danse n'est pas ce que j'ai-me; Mais c'est la fille à Ni-co-las Lorsque je

la tiens dans mes bras, A-lors mon plai-sir est ex - trême, Je la pres-se contre moi- mê -

- me, Et puis nous nous parlons tout bas, Tout bas, tout bas, Tout bas, tout bas. Que je vous

*Soutenues.* *Smorzando.*

plains! Que je vous plains! Vous ne la ver - rez pas, Vous ne la ver - rez pas.

Procédés de Tantenstein et Cordel, 90, rue de la Harpe.

Paris. Impr. de F. Locquin 16, r. N.-D. des Victoires.

# PROPHÉTIE TURGOTINE,

PAR LE CHEVALIER DE LISLE,

AIR · J'aime mieux ma Mie, ô gué! ou la Bonne Aventure.

DESSINS PAR M. RIVOULON,

GRAVURES PAR M. LALLEMAND.

Musique arrangée avec accompagnement de piano par M. H. Colet.

## NOTICE.

Si nous ne croyons pas aux Prophètes, nous sommes cependant obligés de croire aux Prophéties quand elles s'accomplissent. Il y en a d'ailleurs qui sont inspirées par des pressentiments dont la puissance prend sa source dans la raison. Toute chose a une conséquence que devinent les esprits prévoyants, et le Chevalier De Lisle n'était pas le seul qui eût prédit la Révolution de 1789. Fénelon écrivait dès 1710 : La France est une vieille machine qui va encore de l'ancien branle qu'on lui a donné, et qui achèvera de se briser au premier choc. Mais il est remarquable que le Chevalier De Lisle ait fait sa Prédiction avec des circonstances si particulières, que ceux même qui la préparaient n'auraient pas osé les déduire avec tant de précision. Sa Chanson intitulée Prophétie Turgotine, parut en 1777, et fut regardée sans doute comme une plaisanterie. Elle était dirigée contre les Encyclopédistes et les Économistes. On sait quelle influence exercèrent par leurs écrits les premiers, au nombre desquels se distinguaient Diderot, D'Alembert, Voltaire, Rousseau, et tous les apôtres de cette philosophie qu'on appela celle du dix-huitième siècle. On appliqua particulièrement la dénomination d'Économistes aux écrivains qui s'occupèrent d'économie politique sous le ministère de Turgot, et dont les principaux étaient : Malesherbes, Raynal, Mirabeau père, Quesnay, Condorcet, Dupont de Nemours.

On trouve dans les lettres du roi de Prusse ces mots : Selon les ENCYCLOPÉDISTES, la France doit devenir un état républicain. Et Linguet écrivait : Les ENCYCLOPÉDISTES nous ont mis à la veille de voir renouveler de nos jours les querelles, et peutêtre les combats du seizième siècle.

Turgot, qui voulait faire une révolution par les lois et les mœurs, la commença par des réformes. La corvée fut convertie en argent, les droits d'entrée sur les objets de première nécessité furent modérés, il simplifia l'impôt, perfectionna l'administration générale par la popularité des administrations particulières. Les Jurandes et les Corporations qui mettaient des entraves à l'industrie furent abolies.

Mais les gens de cour ne pouvaient lui pardonner de s'être entouré de gens de lettres et de philosophes. Le ridicule est la monnaie dont on paye en France ceux qui veulent faire du bien. On l'accabla de sarcasmes, on inventa de petites voitures qu'on appela des Turgotines, et de petites tabatières auxquelles on donna le nom de Platitudes.

Malesherbes, dont les bonnes intentions ne peuvent être révoquées en doute, écrivait après leur disgrace commune : M. Turgot et moi, étions de fort honnêtes gens.

Les édits que fit rendre Turgot excitèrent cependant l'enthousiasme parmi le peuple, et à la Chanson epigrammatique du Chevalier De Lisle, nous en joindrons une d'un esprit tout différent, qui fait l'éloge du Ministre, et celui du Monarque dont on appréciait les vues bienfaisantes. Elle est sur le même air que l.

Prophétie Turgotine. On la trouve dans le 3e volume de l'**Espion anglais**, et dans le 1er des **Entretiens** de l'autre **Monde**, 1784.

**1**

Enfin, j'ons vu les édits
  Du roi Louis seize ;
En les lisant à Paris,
  J'ons cru mourir d'aise.
Nos malheurs sont à leur fin,
Ça chantons, le verre en main,
Vive Louis seize, ô gué !
  Vive Louis seize.

**2**

Je n'irons plus au chemin,
  Comme à la galère,
Travailler soir et matin,
  Sans aucun salaire :
Le Roi, je ne vous mens pas,
A mis la corvée en bas,
Ah ! la bonne affaire, ô gué !
  Ah ! la bonne affaire !

**3**

On dit que le Parlement,
  D'un avis contraire,
Aux vœux d'un Roi bienfaisant,
  Était réfractaire.
Du pauvre peuple souffrant,
Il se dit père, pourtant.
Le beau fichu père, ô gué !
  Le beau fichu père !

**4**

Qu'à son age, notre Roi
  Paraît déjà brave !
Il veut que chacun chez soi,
  Vive sans entrave.
Et que j'ayons tous bientôt,
Lard et poule à notre pot,
Et du vin en cave, ô gué !
  Et du vin en cave.

**5**

Il ne tient qu'à nous, demain,
  En toute franchise,
D'aller vendre bière et vin,
  Tout à notre guise.
Chacun peut de son métier,
Vivre aujourd'hui sans payer
Juré ni maitrise, ô gué !
  Juré ni maitrise.

**6**

Je suis tout émerveillé
  De ceci, compère !
C'est un double jubilé
  Que nous allons faire.
Mais celui que notre Roi
Nous donne, vaut bien, ma foi,
Celui du Saint-Père, ô gué !
  Celui du Saint-Père.

Le Chevalier De Lisle était de la cabale de M. le duc de Choiseul qui s'était réunie aux ennemis de Turgot. Voltaire, qui était en correspondance avec le Chevalier, lui écrivait le 14 mars 1776 :

**Je vous avouerai que je ne suis pas tout à fait de votre avis sur les préfaces des Édits. Je peux me tromper ; mais elles m'ont paru si instructives, il m'a paru si beau qu'un Roi rendît raison à son peuple de toutes ses résolutions, j'ai été si touché de cette nouveauté, que je n'ai pu encore me livrer à la critique. Ce petit coin de terre que j'habite n'a chanté que des TE DEUM depuis qu'il est délivré des Corvées, des Jurandes, et des Commis des fermes.**

On verra dans la Chanson du Chevalier De Lisle qu'il prédit l'abolition des privilèges : non seulement celle du culte catholique, mais même le calendrier républicain, où les noms des fruits et des légumes remplacèrent ceux des Saints.       **Nous verrons un Ognon**
       **A Jésus damer le pion.**

Il annonce la destruction des ordres monastiques et l'apostasie des prêtres. Enfin, dans le dernier couplet, il dit expressément : **Le Roi se croyant un abus, ne voudra plus l'être. Ah ! qu'il faut aimer le bien, pour, de Roi, n'être plus rien !** Il est à remarquer que ce passage fait allusion au mot de Louis XVI à M. de Malesherbes qui lui demandait sa démission : **Que vous êtes heureux ! que ne puis-je m'en aller aussi.** Cette idée est répétée dans **La Constitution en Vaudeville de Marchand**, où l'on trouve le couplet suivant, sur l'air : **Avec les jeux dans le village :**

       **Le Roi séra le Roi de France,**
        **Et pourtant, IL NE SERA RIEN ;**
        **Mais comme une ombre de puissance,**
        **Au moindre Prince sied très bien,**
        **On pourra lui laisser par grace,**
        **Ou, pour mieux dire, PAR ABUS,**
        **Le doux plaisir de voir sa face,**
        **Empreinte sur tous les écus.**

Si l'on croyait la prophétie faite après coup, il suffirait de renvoyer les lecteurs à plusieurs ouvrages où elle fut imprimée lors de son apparition ; le plus ancien est l'**Espion anglais**, où elle se trouve au tome 3 de l'édition de 1779. Elle fut mise depuis dans les **Actes des Apôtres** et dans plusieurs recueils. M. Castel, dans son **Anthologie**, en confond maladroitement l'auteur avec Rouget de Lisle, auteur de la **Marseillaise**, né en 1760, et qui aurait ainsi fait cette Chanson à 17 ans !

Le chevalier De Lisle, capitaine de dragons, était un littérateur aimable, qui se fit un nom par de jolis couplets et des noels de cour, ce qui l'avait fait surnommer **De Lisle-Noels**. Beaucoup de facilité et un talent agréable l'appelèrent auprès du duc de Choiseul, il fut un des familiers de la maison de Rohan, enfin il fut attaché au comte d'Artois (depuis, Charles X), qui lui avait fait une pension, et auquel il légua tous ses manuscrits. Il mourut en mars 1784, et ne vit pas la révolution qu'il avait prédite.

                                    DU MERSAN

PROPHÉTIE TURGOTINE.

Vivent tous nos beaux esprits,
Encyclopédistes.
Du bonheur français épris,
Grands économistes.
Par leurs soins, au temps d'Adam,
Nous reviendrons, c'est leur plan.
Momus les assiste, ô gué!
Momus les assiste.

Ce n'est pas de nos bouquins
Que vient leur science.
En eux, ces fiers paladins
Ont la sapience.
Les Colbert et les Sully
Nous paraissent grands mais fi!
Ce n'est qu'ignorance, ô gué!
Ce n'est qu'ignorance.

On verra tous les états
  Entre eux se confondre;
Les pauvres, sur leurs grabats,
  Ne plus se morfondre.
Des biens on fera des lots
Qui rendront les gens égaux.
Le bel œuf à pondre, ô gué!
  Le bel œuf à pondre.

Du même pas, marcheront
  Noblesse et roture.
Les Français retourneront
  Au droit de nature.
Adieu Parlements et Lois,
Adieu Ducs, Princes et Rois:
La bonne aventure, ô gué!
  La bonne aventure.

Puis, devenus vertueux,
Par philosophie,
Les Français auront des Dieux
A leur fantaisie.
Nous reverrons un ognon
A Jésus damer le pion.
Ah! quelle harmonie, ô gué!
Ah quelle harmonie.

Alors d'amour, sureté
Entre sœurs et frères,
Sacrements et parenté
Seront des chimères.
Chaque père imitera
Loth, alors qu'il s'enivra
Liberté plenière, ô gué!
Liberté plenière.

Plus de moines langoureux,
De plaintives nonnes;
Adieu d'adresser aux cieux
Matines et nones.
On verra ces malheureux
Danser, abjurant leurs vœux,
Galante chaconne, ô gué!
Galante chaconne.

Prisant des novations
La fine séquelle,
La France, des nations
Sera le modèle.
Cet honneur, nous le devrons
A Turgot et Compagnons.
Besogne immortelle, ô gué!
Besogne immortelle.

A qui devrons nous le plus?
C'est à notre maître,
Qui, se croyant un abus,
Ne voudra plus l'être.
Ah! qu'il fait comme le bien,
Pour, de Roi, n'être plus rien!
J'enverrais tout paître, ô gué!
J'enverrais tout paître!

# PROPHÉTIES TURGOTINES,

Avec accompagnement de piano par M. H. COLET, professeur d'harmonie au Conservatoire.

-co - no - mis - tes; Par leurs soins, au temps d'A - dam, Nous re -

-viendrons, c'est leur plan; Mo-mus les assiste, O gué, Mo - mus les as-sis -

- te !

(Procédés de Tautenstein et Cordel, 90, rue de la Harpe.)

Fin.

Paris. Impr. de F. Locquin, 16, r. N.-D. des Victoires.

# LE FLÂNEUR,

PAR

## CASIMIR MÉNÉTRIER,

AIR DE LA CONTREDANSE DE LA LÉGÈRE.

———

DESSINS PAR M. JULES BOILLY,

GRAVURES PAR M. ALPH. BOILLY.

Musique arrangée avec accompagnement de piano par M. H. Colet.

———

# NOTICE.

Le Flâneur ne trouvera bientôt plus dans les rues et dans les promenades de Paris le moyen d'égayer ses loisirs. Paris brille maintenant de l'absence de tout ce qui nous y amusait autrefois, et le métier de flâneur est bien moins agréable depuis que la flânerie est moins amusante.

S'il y avait autrefois trop de chanteurs publics, il y en a trop peu aujourd'hui. Les chansons des rues pourraient être un moyen d'enseignement populaire, tout en amusant utilement les flâneurs. Ce serait, comme c'était jadis, un spectacle gratis pour le peuple, qu'il est toujours bon d'occuper et de distraire.

Du temps que Collot, Cadot, Duvernis l'aveugle et autres, parcouraient les rues et s'arrêtaient le soir sur les quais et aux carrefours, j'ai vu la foule les entourer, écouter leurs chansons avec avidité, rester des heures entières auprès d'eux, c'était autant de dérobé aux cabarets, aux jeux de cartes, aux réunions dangereuses, et aux rixes qu'elles enfantent. Le chant dispose l'âme à la gaîté, les refrains joyeux détruisent les mauvaises pensées. Chacun s'en allait avec son cahier de deux sous, et le souper modeste qui terminait la soirée, était égayé par la chanson que le mari apprenait à sa femme, et que retenaient ses enfants.

Que faudrait-il faire pour que ces chansons fussent utiles? rien que d'empêcher que l'on en chantât de licencieuses, de trop ridicules ou de nuisibles aux mœurs.

L'auteur de la Chanson du Flâneur est feu Casimir Ménétrier, l'un des convives de la Société de Momus, bon vivant, pendant qu'il vivait, et qui a passé sa vie à manger, boire et chanter. Il y a au moins une vingtaine d'années qu'il est venu, jeune encore, et trop vite, au terme vers lequel on ne devrait aller qu'en flânant.

Le flâneur est assurément un type ancien; mais le mot est moderne, il n'a guère plus d'une trentaine d'années, et au commencement du siècle, on employait encore celui de musard, que Picard a donné pour titre à une jolie comédie jouée en 1803. Molière avait jeté en passant un mot sur ce caractère, dans le *Misanthrope*, où il peint le grand flandrin de Vicomte qui s'amuse pendant trois quarts d'heure à cracher dans un puits pour faire des ronds. Le mot *muser* n'est pas nouveau, puisque nous le trouvons dans Rabelais (liv. 2), où Panurge dit : *Allons, enfants, c'est trop musé.* En termes de vénerie, le cerf *muse* avant que d'entrer en rut, c'est à dire qu'il va pendant quelques jours, la tête basse, le long des chemins et dans la campagne. Aujourd'hui, on pourrait dire qu'il *flâne*.

En 1803, on joua au *Théâtre du Vaudeville* les *Bêtes Savantes*, et dans cette pièce il y avait un M. *Flanard*, c'est, je crois, la première fois qu'on a employé ce mot dans une comédie. En 1827, on donna au *Théâtre des Variétés* la *Journée d'un Flâneur*, et l'excellent Brunet joua ce rôle avec le naturel qu'il mettait dans toutes ses créations. Sa servante lui disait :

> Des choses les moins utiles,
> Vous vous montrez curieux :
> S'il s'arrêt' trois imbécilles,
> On vous voit au milieu d'eux.
> Qu'on pose le long d'un mur
> Une affiche, et l'on est sûr,
> Malgré la pluie et le vent,
> De vous voir collé devant.
> &c.

Le bon M. Courtaud, bourgeois de Paris, s'occupant sur sa route de tout ce qui ne le regardait pas, et ne songeant point à ce qui était utile, éprouvait mille tribulations plus ou moins plaisantes.

Cependant, il est quelquefois bon de flâner : et quand le flânage n'est pas une habitude, mais une distraction, c'est une ressource contre l'ennui et un repos pour l'esprit.

Ésope, jouant aux noix sur la place avec les gamins de Phrygie, était un flâneur.

Le célèbre Bayle, descendant sur la place de Rotterdam pour y voir les marionnettes, était un flâneur.

Mais qui fut jamais plus flâneur que le bonhomme La Fontaine ? Il s'égarait dans les rues et dans les promenades en songeant à Janot-Lapin ou à compère le Renard, et il oubliait pourquoi il était sorti. Il s'asseyait sous un arbre et regardant passer le monde, et la Duchesse de Bouillon qui l'y avait vu le matin, en allant à Versailles, l'y revoyait le soir à son retour. En allant à l'Académie, il prenait le plus long.

Flâner est le grand plaisir des gens très occupés. Qui de nous, dans son cabinet, ayant un travail très pressé, ne l'a pas quitté pour tailler une plume qui n'en avait pas besoin, ranger des livres qui étaient fort bien à leur place, regarder voler des mouches, ou passer des nuages.

Une autre sorte de flâneurs sont les employés de bureau, qui ayant des appointements fixes, s'inquiètent peu de les gagner en conscience, arrivent tard, causent entre eux, déjeunent, remuent des papiers, regardent par les fenêtres le temps qu'il fait, lisent les journaux, et viennent à bout de n'avoir rien fait à force de flâner. C'est un talent qui leur est particulier.

Mais les flâneurs ne sont pas tous aussi heureux que l'homme qui attendait la Fortune dans son lit, pendant que l'autre courait après inutilement pour l'attraper. Ils sont plutôt comme le lièvre qui s'étant amusé en route, vit gagner le prix de la course par la tortue.

DU MERSAN

## LE FLANEUR.

Moi, je flane; (bis)
Qu'on m'approuve ou me condamne!
Moi, je flane, (bis)
Je vois tout,
Je suis partout.
Dès sept heures du matin
Je demande à la laitière
Des nouvelles de Nanterre,
Ou bien du marché voisin;
Ensuite au café je flute
Un verre d'eau pectoral;
Puis, tout en mangeant ma flute,
Je dévore le journal.
    Moi, je flane, etc. (bis)

J'ai des soins très assidus
Pour les *Petites Affiches*;
J'y cherche les chiens caniches
Qu'on peut avoir perdus.
Des gazettes qu'on renomme
Je suis le premier lecteur;
Après je fais un bon somme
Sur l'éternel *Moniteur*.
    Moi, je flane, etc. (bis)

Pressant ma digestion,
Je cours à la promenade.
Sans moi jamais de parade
Jamais de procession.
Joignant aux mœurs les plus sages
La gaité, les sentimens,
Je m'invite aux mariages,
Je suis les enterremens.
    Moi, je flâne, etc. (bis)

J'inspecte le quai nouveau
Qu'on à bâti sur la Seine,
J'aime à voir d'une fontaine
Tranquillement couler l'eau;
Quelquefois, une heure entière,
Appuyé sur l'un des ponts,
Je crache dans la rivière
Pour faire de petits ronds.
    Moi, je flâne, etc. (bis)

Il faut me voir au Palais,
Debout à la cour d'assises;
Près des cuillettes assises.
Je suis tous les grands procès.
De l'antre des procédures
Je vole chez Martinet,
Et dans les caricatures
Je vois souvent mon portrait.
    Moi, je flâne, etc. (bis)

Almanach royal vivant,
Je connais chaque livrée,
Chaque personne titrée,
Et tout l'Institut savant.
Chaque généalogie
Se logeant dans mon cerveau,
Je pourrais, par mon génie,
Siéger au conseil du sceau.
    Moi, je flane, etc. (bis)

Sur les quais, comme un savant,
Et prudent bibliomane,
Je fais devant une manne
Une lecture en plein vent;
Si je trouve un bon ouvrage,
Je sais, en flaneur malin,
Faire une corne à la page
Pour lire le lendemain.
    Moi, je flane, etc. (bis)

Quand le soleil est ardent,
Pour ne point payer de chaise,
Et me reposer à l'aise
Je m'étale sur un banc;
A Coblentz, aux Tuileries,
Observateur fortuné,
Combien de femmes jolies
Me passent.... devant le nez!
    Moi, je flane, etc. (bis)

Las de m'être promené,
Je vais, en gai parasite,
Rendre à mes amis visite
Quand vient l'heure du dîné.
Par une mode incivile,
S'il arrive, par malheur,
Qu'hélas! ils dînent en ville,
Alors, je dîne par cœur.
    Moi je flane, etc. (bis)

Je souprés des étourneaux
A mon café je babille
Sur les effets d'une bille.
Sur un coup de dominos.
Je fais la paix ou la guerre
Avec quelque vieux ruguaud
Qui sable un cruchon de bière,
En raisonnant comme un pot.
    Moi je flane, etc. (bis)

Enfin soyez avertis
Que je ne vais au spectacle
Que quand, par un grand miracle,
Les Français donnent Gratis.
Sans maitresse et sans envie,
Buvant de l'eau pour soutien,
Ainsi je méne la vie
D'un joyeux Épicurien.
    Moi je flane. (bis)
Qu'on m'approuve ou me condamne!
    Moi je flane. (bis)
        Je vois tout
        Je suis partout.

# LE FLANEUR,

Avec accompagnement de piano par M. H. COLET, professeur d'harmonie au Conservatoire.

Moi, je flâ-ne, Moi, je flâ-ne, Qu'on m'approuve ou me con-

-damne! Moi, je flâ-ne, moi, je flâ-ne, Je vois tout, Je suis par-tout; Dès sept

heu-res du ma-tin, Je de-mande à la lai-tiè-re des nou-vel-les de Nan-

-ter-re, Ou bien du marché voi-sin; Ensuite au ca-fé je flû-te Un ver-

-re d'e pecto-ral; Puis, tout en mangeant ma flû-te, Je dé-vo-re le jour-nal. Moi, je

(Procédés de Tantenstein et Cordel, 90, rue de la Harpe.)

Paris. Impr. de F. Locquin, 16, r. N.-D. des Victoires.

# LA GAMELLE,

CHANSON POPULAIRE SUR L'AIR : DANSONS LA CARMAGNOLE.

## GRACE A LA MODE ou LA SANS-GÊNE,

### CHANSON PAR DESPRÉAUX,

AIR de la Nouvelle Bourbonnaise (gravé dans la 30e Livraison).

---

DESSINS PAR M. TRIMOLET,

GRAVURES : 1re, 2e et 4e PLANCHES PAR M. LALLEMAND. — 3e PLANCHE PAR M. BOSREDON.

Musique arrangée pour le piano par M. H. Colet.

---

## NOTICE.

La Terreur, arrivée comme une trombe qui dévaste tout sur son passage, commençait à être vieille au bout de quatorze mois, elle s'était usée vite par ses excès, en vain on cherchait à lui redonner une vie factice. La République inventa une parodie des anciennes mœurs des chrétiens, pour faire suite aux parades des Grecs et des Romains. LA GAMELLE ou les Banquets fraternels devaient rappeler ces Agapes qui avaient pour but d'entretenir chez les enfants de la primitive église la concorde et la fraternité.

Dans cet enthousiasme, dont la représentation devait avoir lieu en plein air, les habitants du quartier boueux de la Cité oublièrent que le ciel de la Grèce, son climat, ses maisons de marbre, ses jardins de lauriers et d'oliviers, ses portiques et ses temples, ne ressemblaient en aucune façon au ciel brumeux, aux baraques sales, aux ruelles infames des environs de la place Maubert, et aux murs noircis de la paroisse Saint-Severin.

C'était au mois de juillet 1794, l'étroite rue Saint-Jacques, longue d'une demi-lieue, occupée par deux files de tables, représentait une immense guinguette où la joie populaire s'exhalait par de gros rires et des chants joyeux. Le bruit des verres et de LA CARMAGNOLE, le cliquetis des assiettes et de ÇA-IRA, les cris, A boire ! et Vive la République ! retentissaient d'un bout à l'autre.

Le Journal de Paris, qui avait fait le premier la motion de cette réunion gastronomique, en fit l'éloge d'une façon curieuse. Sur ces tables lacédémoniennes, disait-il, il n'est besoin ni de nappes, ni de serviettes, ni de rien qui tienne au luxe ; les mets y sont nécessairement simples : un morceau de viande, des légumes, du fromage, du vin, un peu d'eau-de-vie, et beaucoup de gaité, voilà en quoi consiste toute la dépense. Des lampes et des chandelles éclairent suffisamment, dit-il, et si l'on en manque, les réverbères y suppléent. Dans cet état de simplicité, digne de l'âge d'or, combien les cœurs sont disposés à la fraternité, à la douce égalité, et même à l'amitié! Les pères et mères attendris, au milieu de leurs enfants, jouissent avec délices des premiers fruits de la Révolution, leurs filles, malgré le défaut de lumières, y voyent assez pour lire leur bonheur dans les yeux de leurs amants!

Ces fêtes républicaines ne furent pourtant pas du goût de la Convention, et Barrère s'écria en pleine tribune : Je rends justice à la majorité des citoyens; mais le modérantisme pourrait être soupçonné d'avoir provoqué ces banquets. Le royaliste y était assis près du patriote et pouvait le corrompre. Ne peut-on pas croire que tel qui soupait les pieds dans la crotte, avait le cœur à Vienne ou à Coblentz? Dans une section, les mœurs n'ont point gagné à cette réunion. Il viendra sans doute un temps où ces repas alimenteront les affections républicaines; mais la fraternité n'est pas le fruit d'un jour. Il suffira que la Convention avertisse les bons citoyens du danger de ces banquets, et qu'elle renvoie l'exécution de son décret moral au tribunal révolutionnaire de l'opinion publique.

Barrère, qui avait de l'esprit, aima mieux tuer dès le principe cette institution qui n'était pas née viable, que de la voir mourir d'une apoplexie foudroyante de ridicule.

La chanson de la Gamelle courut cependant, elle est sur l'air de la Carmagnole, que nous saisissons cette occasion de donner, car notre Recueil ne peut pas admettre les horribles paroles de la chanson originale, qui fut l'accompagnement obligé de tous les crimes et de toutes les orgies de l'époque.

<hr/>

Après mille modes plus singulières les unes que les autres, la fin de la Révolution en vit éclore encore une dont l'école de David, et le retour des artistes à l'étude de l'antique, donnèrent la première idée. Les femmes se mirent toutes à la Grecque et à la Romaine. Le nu se dessina sous des robes légères, collantes et transparentes. On oublia encore que notre climat n'était pas celui de la Grèce et de l'Italie, et les modes d'Athènes amenèrent à leur suite celle des fluxions de poitrine, qui fit passer les femmes d'un excès à un autre. Aux robes de Laïs succédèrent les robes à la Vierge, qui dérobèrent aux yeux toutes les formes qu'on leur avait prodiguées.

C'était en l'An VI de la République, une et indivisible, 1796 vieux style, que Despréaux composa sa chanson Grace à la Mode ou la Sans-Gêne, qui dépeint à merveille le costume du temps. Despréaux (Jean-Etienne), était né en 1748; fils d'un musicien de l'Opéra, il fut d'abord danseur, mais une blessure au pied lui fit prendre sa retraite en 1781. Il fut ensuite maître des ballets de la cour jusqu'en 1787, époque où il épousa la célèbre Guimard, qui avait cinq ans de plus que lui, cette union dura trente ans. Despréaux, successivement directeur, puis inspecteur général de l'Opéra, était homme d'esprit, il composa beaucoup de parodies piquantes, quelques pièces en société, au Théâtre du Vaudeville, beaucoup de jolies chansons qu'il a publiées sous le titre de : Mes Passetemps (2 vol. in-8°, Paris, 1806), un poème sur l'art de la danse. Il fut membre de la Société des Diners du Vaudeville. Il mourut en 1820. On prétend que ce fut à la suite d'un diner du Caveau Moderne, où il éprouva une vive émotion, en entendant au dessert, les jeunes chansonniers lui décerner une espèce d'apothéose, en chantant ses plus jolies chansons. Ce serait ce qu'on peut appeler mourir de plaisir.

DU MERSAN.

LA GAMELLE PATRIOTIQUE.

Savez-vous pourquoi mes amis,
Nous sommes tous si réjouis ?
C'est qu'un repas n'est bon
Qu'apprêté sans façon:
Mangeons à la gamelle,
Vive le son, (bis)
Mangeons à la gamelle,
Vive le son du chaudron.

Nous faisons si des bons repas,
On y veut rire, on ne peut pas.
Le mets le plus friand,
Dans un vase brillant,
Ne vaut pas la gamelle.
Vive le son, etc.

Point de froideur, point de hauteur,
L'aménité fait le bonheur;
Non, sans fraternité.
Il n'est point de gaité.
Mangeons à la gamelle.
Vive le son, etc.

Vous qui bâillez dans vos palais
Où le plaisir n'entra jamais,
Pour vivre sans souci,
Il faut venir ici,
Manger à la gamelle
Vive le son, etc.

On s'affaiblit dans le repos,
Quand on travaille on est dispos.
Que nous sert un grand cœur,
Sans la mâle vigueur
Qu'on gagne à la gamelle,
Vive le son, etc.

Savez-vous pourquoi les Romains
Ont subjugué tous les humains?
Amis, n'en doutez pas,
C'est que ces fiers soldats
Mangeaient à la gamelle.
Vive le son, etc.

Ces Carthaginois si jurons
A Capoue ont fait les capons...
S'ils ont été vaincus
C'est qu'ils ne daignaient plus
Manger à la gamelle.
Vive le son, etc.

Bientôt les brigands couronnés,
Mourans de faim, proscrits, bernés;
Vont envier l'état
Du plus pauvre soldat
Qui mange à la gamelle.
Vive le son, etc.

Ah! s'ils avaient le sens commun,
Tous les peuples n'en feraient qu'un;
Loin de s'entr'égorger,
Ils viendraient tous manger
A la même gamelle.
Vive le son, etc.

Amis, terminons ces couplets
Par le serment des bons Français.
Jurons tous mes amis,
D'être toujours unis.
Vive la république!
Vive le son. (bis)
Vive la république!
Vive le son du canon.

GRACE À LA MODE                              OU LA SANS-GENE

Grace à la mode                                    Grace à la mode,
On n'a plus d'cheveux ;                      On n'a plus d'fichu. (bis)
On n'a plus d'cheveux.                          Ah ! qu'c'est commode
  Ah ! qu'c'est commode                      On n'a plus d'fichu,
On n'a plus d'cheveux,                          Tout est déchu.
  On dit qu'c'est mieux.

  Grace à la mode,                                 Grace à la mode
On va sans façon ;                            Plus d'poche au vet'ment. (bis)
On va sans façon.                                Ah ! qu'c'est commode.
  Ah ! qu'c'est commode                      Plus d'poche au vet'ment
On va sans façon                                 Et plus d'argent.
  Et sans jupon.

Grace à la mode,
On n'a plus d'corset *(bis)*
Ah! qu'c'est commode
On n'a plus d'corset
C'est plus tôt fait.

Grace à la mode
Un' chemis' suffit *(bis)*
Ah! qu'c'est commode
Un' chemis' suffit,
C'est tout profit.

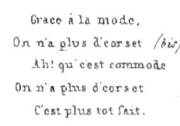

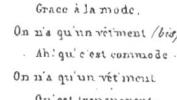

Grace à la mode,
On n'a qu'un vêt'ment *(bis)*
Ah! qu'c'est commode
On n'a qu'un vêt'ment
Qu'est transparent.

Grace à la mode
On n'a rien d'caché *(bis)*
Ah! qu'c'est commode
On n'a rien d'caché
J'en suis fâché.

# LA GAMELLE,

Avec accompagnement de piano par M. H. COLET, professeur d'harmonie au Conservatoire.

Sa - vez vous pourquoi, mes a-mis, Sa - vez-vous pour -

- quoi, mes a - mis, Nous som-mes tous si ré-jou-is ? Nous sommes tous

si ré-jou-is ? C'est qu'un re-pas n'est bon, Qu'ap - prê - té sans fa -

- çon: Man - geons à la ga - mel-le, Vi-ve le son, Vi-ve le son, Man -

- geons à la ga - mel-le; Vi-ve le son du chau - dron.

Fin.

Procédés de Tautenstein et Cordel, 90, rue de la Harpe.

Paris. Impr. de F. Locours, 16, r. N.-D. des Victoires.

# L'ÉMIGRATION DU PLAISIR,

## CHANSON PAR MADAME DE BOURDIC-VIOT,

AIR : du vaudeville des Visitandines, musique de DEVIENNE.

### DESSINS PAR M. DU BOULOZ.

GRAVURES : 1re ET 4e PLANCHES PAR M. NARGEOT. — 2e ET 3e PLANCHES PAR M. WOLFF.

## NOTICE.

Nous avons déjà remarqué cette tendance de l'esprit français à tourner tout en plaisanterie. L'émigration, qui avait commencé, en juillet 1789, par un principe politique, était devenue une mode, et il était de bon ton d'émigrer. Ces mots étaient encore étrangers à la langue française. Ce fut le 23 octobre 1792 que, sur le rapport du député Buzot, la Convention nationale rendit le décret qui bannit à perpétuité du territoire de la République tous les émigrés français, et porta contre eux la peine de mort, malgré les réclamations de Tallien et de Condorcet. En 1791 on plaisantait encore sur l'émigration ; et un joujou à la mode, auquel on donna le nom d'émigrant ou d'émigrette, eut une vogue extraordinaire. C'était une roulette suspendue à un cordon au moyen duquel on la faisait descendre et remonter sans cesse sur elle-même. A la porte des boutiques, dans l'intérieur des maisons, aux fenêtres, on ne voyait que des femmes, des enfants, des jeunes gens jouer continuellement à l'émigrette ; on en vit même dans les salles de spectacle, et une actrice joua un jour son rôle, tout en s'amusant de son émigrette, ce qui fut fort applaudi du parterre.

Plusieurs pièces de théâtre sur les émigrés furent jouées à cette époque : au Théâtre-Français, en octobre 1792, l'Émigrante ou le Père Jacobin, comédie en trois actes, en vers, par Dugazon ; au Théâtre des Amis de la Patrie, la même année, les Émigrés aux terres Australes, par Gamas ; et au Théâtre du Vaudeville, en décembre 1793, les Émigrés chassés de Spa, mauvaise pièce de Guillemain.

Ce fut dans cette circonstance que madame Viot fit l'Émigration du Plaisir. Cette chanson parut en 1794, et elle a une petite teinte révolutionnaire qui prouve que l'auteur l'avait composée avant le 9 thermidor, puisqu'elle fut d'abord sur l'air de la Marseillaise. Depuis, madame Viot la mit sur un autre air, modifia quelques couplets, et supprima le refrain, dans lequel le Plaisir s'exprimait ainsi, en parlant de chaque pays qu'il avait visité :

> Partons, dit-il, partons, fuyons de ce séjour;
> Marchons (bis) accompagnés des Jeux et de l'Amour.

Et au dernier couplet :

> Rentrons, dit-il, rentrons, rentrons dans ce séjour;
> Rentrons accompagnés des Jeux et de l'Amour.

Dans le couplet de l'Angleterre, elle changea ainsi le dernier quatrain, afin de supprimer le mot sans-culotte :

> Le lord-maire vers lui s'avance
> Et le présente au Parlement :
> Sortons, dit-il, très promptement;
> On y bâille plus qu'on y pense.

Madame Viot s'était fait une réputation littéraire, d'abord sous le nom de la marquise d'Antremont, ensuite sous celui de madame de Bourdic. Son nom de famille était Payan de l'Étang. Elle était née à Dresde, en 1746, de parents peu fortunés. Amenée en France à l'âge de quatre ans, elle épousa à douze ans M. de Ribère d'Antremont, habitant du comtat venaissin, qui la laissa veuve à seize ans. Elle en avait trente lorsqu'elle devint madame de Bourdic, et quarante-six lorsqu'elle épousa, en troisièmes noces, M Viot, attaché au ministère des relations extérieures. Dès sa plus tendre enfance, l'instinct de la poésie se réveilla chez elle, et elle fut, dans sa jeunesse, très recherchée dans la société pour sa facilité à faire des vers. Elle était loin d'être jolie, mais elle avait une taille agréable ; et elle disait elle-même assez spirituellement que la nature avait bien fait l'édifice, mais qu'elle avait manqué la façade : sa figure était très aplatie, son front étroit, et ses petits yeux ronds étaient imperceptibles. Madame Viot mourut le 7 août 1802.

Elle avait été liée intimement avec madame Du Boccage, et elle était de l'école de poésie de son époque.

Son titre littéraire le plus sérieux est l'Éloge de Montaigne, qu'elle composa pour sa réception à l'académie de Nismes. Sa conversation était piquante et souvent semée de traits malins. La Harpe lui avouait un jour, lorsqu'il eut chanté la palinodie, qu'il avait dit son Confiteor. — Oui, reprit-elle, mais vous avez passé le Credo.

À l'époque où madame de Bourdic-Viot fit paraître sa chanson de l'Émigration du Plaisir, dans l'Almanach des Muses de 1795, il en parut une autre qui lui ressemble beaucoup ; on croirait que les deux auteurs avaient eu l'intention de concourir pour le même sujet. Cette chanson, qui est fort jolie, mérite d'être mise en comparaison avec celle de madame Viot ; et on sera sans doute bien aise de trouver ici cette gracieuse composition du spirituel ermite de la Chaussée-d'Antin, de l'auteur de tant d'ouvrages remarquables, M. de Jouy, aujourd'hui membre de l'Académie française.     DU MERSAN.

## LES VOYAGES DE L'AMOUR, paroles de M. De Jouy. AIR : Quand l'Amour naquit à Cythère (64e livraison).

Vénus, achevant à Cythère
L'éducation de l'Amour,
Vit bien qu'il était nécessaire
Que de l'Europe il fît le tour.
D'ailleurs, si l'on en croit les sages
De tous les lieux, de tous les temps,
L'expérience et les voyages
Forment beaucoup les jeunes gens.

Vénus veut qu'il se mette en route ;
L'Amour ne voulait pas partir.
C'est le premier pas seul qui coûte :
Depuis, il veut toujours courir.
À son fils la reine des belles
Fit don, en partant, d'un flambeau ;
Le Plaisir lui donna des ailes,
Et la Fortune son bandeau.

Sous la conduite de Mercure,
Qu'on lui donne pour gouverneur,
L'enfant, maître de la nature,
Arrive chez le Grand-Seigneur.
Du sérail le charmant usage
Avait pour lui bien des appas ;
Mais il ne put souffrir l'image
De ces messieurs qui n'en sont pas.

Après huit jours de résidence,
Ivre de parfums, de sorbet,
L'Amour tire sa révérence
Au successeur de Mahomet.
En vain l'auguste Catherine
Veut le fixer en son pays ;
Il ne peut se faire à la mine
De tous ces amoureux transis.

Mercure indique l'Angleterre.
Descendus sur ces bords vantés,
Cupidon se croit à Cythère,
Au milieu de tant de beautés.
Mais en appas ce lieu fertile
N'était pas son pays natal :
Il mourait d'ennui dans cette île,
Sans pouvoir exprimer son mal.

On lui conseille l'air de France,
Des Plaisirs l'asile connu,
Dont sa mère avec complaisance,
L'a tant de fois entretenu.
Un jour, à l'insu de Mercure,
Vers ces beaux lieux il prend l'essor ;
Mais en descendant de voiture,
On lui demande un passeport.

Je suis l'Amour.... et je me flatte
Que ce nom de vous révéré....
L'un dit : C'est un aristocrate,
L'autre dit : C'est un émigré ;
C'est, dit le troisième, un despote.
D'un ton piteux il répliqua :
Je suis un petit sans-culotte....
Aussitôt on le relâcha.

Fils du Goût et de l'Opulence,
Amant des Arts, ami des Jeux,
En pleurant il quitte la France,
Et cherche des bords plus heureux.
On le fait jeûner en Espagne,
À Lisbonne il est détenu ;
Mais il se sauve en Allemagne,
Sûr de n'y pas être connu.

Pour s'introduire en Italie,
Il prit l'habit de cardinal ;
À Venise, avec la Folie,
L'Amour passa le carnaval.
Il allait partir pour Florence ;
Mais on l'avertit à propos,
Et, sur cet avis d'importance,
À Florence il tourna le dos.

L'Amour, de retour à Cythère,
S'aperçoit qu'il est oublié :
L'une le prend pour le Mystère,
L'autre voit en lui l'Amitié.
Vénus, qui ne peut s'y méprendre,
Convient alors, sans nul détour,
Qu'il ne faut pas faire entreprendre
De longs voyages à l'Amour.

L'ÉMIGRATION DU PLAISIR.

Effrayé des maux que la guerre
Sur la France allait attirer,
Le Plaisir cherchait une terre
Sur laquelle il pût émigrer. *(bis)*
La Prusse, l'Autriche, l'Espagne,
Présentent en vain leurs états.
L'Espagnol ne plaisante pas.
On ne rit point en Allemagne. *(bis)*

Il s'en va tout droit en Russie;
Mais le climat, par ses rigueurs,
Rend d'abord sa suite engourdie,
Et lui même y perd ses couleurs. (bis)
Catherine en vain lui propose
De son palais le brillant toit;
Pense-t-on qu'à mourir de froid,
Le plaisir près d'elle s'expose ? (bis)

Le plaisir ne calcule guére,
Il fait en peu bien du chemin.
Sans y songer, en Angleterre,
Il se trouve le lendemain. *(bis)*
Le Lord-Maire vers lui s'avance
Et le présente au parlement.
Sortons dit-il trés promptement
On y baille plus qu'on n'y pense. *(bis)*

Il dirige ses pas vers Rome :
Cette ville où régnaient les arts.
Ne lui montre qu'un petit homme
Sur le grand trône des Césars. *(bis)*
Il demande des vers d'Horace :
On lui donne des *Oremus,*
Et dans le pays des *Agnus*
Que veut-on que le plaisir fasse ? *(bis)*

Hélas ! comment rentrer en France ?
Je suis sans papier et sans or.
Jadis on m'a fait quelqu'avance ;
On m'en ferait peut être encor. *(bis)*
Aussitôt qu'il met pied à terre,
Il apperçoit la Liberté.
Que peut craindre un enfant gâté,
Qui tombe aux genoux de sa mère ! *(bis)*

L'ÉMIGRATION DU PLAISIR, avec accompag. de piano par M. H. COLET, professeur d'harmonie au Conservatoire (1).

CHANT.

Ef-fra-yé des maux que la guer-re Sur la France al-lait at - ti-

PIANO

-rer, Le Plai-sir cherchait u – ne ter-re, Sur laquelle il pût é - mi-grer, Sur la-quelle

il pût é - mi-grer. La Prusse, l'Au tri-che, l'Es-pa-gne, Présentent en vain leurs é -

- tats. L'Espa-gnol ne plai-san - te pas ; On ne rit point en Al - le - ma -

- gne, On ne rit point en Al - le - ma - gne. Fuyons, dit - il, de ce sé -

- jour, Ac - com-pa - gné des jeux et de l'a - mour, Ac-com-pa - gné des

jeux et de l'a - mour.

Procédés de Tantenstein et Cordel, 90, rue de la Harpe.

Paris. Impr. de F. Locquin, 16, r. N.-D. des Victoires.

# MANON LA COUTURIÈRE,

## CHANSON PAR VADÉ.

### DESSINS PAR M. MESSONIER. -- GRAVURES PAR M. NARGEOT.

Musique arrangée avec accompagnement de piano par M. H. Colet.

---

## NOTICE.

Vadé pour achever ses esquisses fidèles,
Dans tous les carrefours poursuivait ses modèles;
De ce costume agreste, ingénu partisan,
Interrogeait le pâtre, abordait l'artisan.
Jaloux de la saisir sans muse et sans parure,
Jusques aux Porcherons il chercha la nature.
Était-il au village, il en traçait les mœurs,
Trinquait, pour les mieux peindre, avec des racoleurs,
Et changeant chaque jour de ton et de palette,
Crayonnait sur un port Jérome et Fanchonnette.

C'est ainsi que Dorat, dans son poème de la déclamation, a tracé le genre de Vadé, qui fut à la mode et eut un moment de vogue, grace à la gaîté, à l'originalité des productions burlesques de ce poète, qui fut proclamé l'inventeur du genre poissard.

Vadé dut en grande partie sa réputation à des circonstances qui n'existent plus, et dont la classe inférieure de la société ne conserve heureusement qu'une faible tradition. Les femmes de la halle s'étaient arrogé autrefois le singulier privilège d'injurier impunément les acheteurs et même les passants. J'ai dit injurier, mais je risquerai le mot technique : engueuler. Je puis me permettre cette licence, aujourd'hui qu'on imprime jusqu'à l'argot des voleurs. On appelait poissard leur idiôme grossier, et la bonne compagnie avait quelquefois la curiosité d'aller aux halles entendre ces femmes débiter, avec une amusante volubilité, toutes les richesses de leur vocabulaire sottisier.

Vadé s'imagina le premier d'en faire usage dans des pièces de vers, dans des chansons, et particulièrement dans un poème burlesque intitulé la Pipe cassée. Il allait étudier sur place l'esprit et le langage du peuple, se plut à imiter les scènes dont il avait été le témoin et à les jouer lui-même dans les salons, où il fut admis comme plaisant de profession. Les gens riches payaient ses facéties par de bons dîners, il se livra malheureusement à des excès qui ne lui permirent pas de fournir une longue carrière; il mourut dès l'âge de 37 ans, le 4 juillet 1757. Du reste, Vadé était doux, poli, jovial, obligeant, et ce n'était pas seulement comme un homme facétieux, mais à cause de ses qualités et de son esprit, qu'il était recherché dans le monde. Beaucoup de ses opéras-comiques eurent un grand succès, et on trouve dans ses poésies beaucoup de morceaux qui prouvent qu'il avait du goût quand il le voulait.

L'historiette ou chanson de Manon la Couturière est un petit chef-d'œuvre de naïveté et même de sentiment. Ma vieille bonne, qui me la chantait dans mon enfance, ne pouvait s'empêcher de s'attendrir à certains passages. Elle admirait surtout la bonté du Roi, qui sans s'offenser de la familiarité de Manon qui s'était jetée au cou de M. Villeroy, qu'elle avait pris pour lui, fait donner mille écus à la jeune fille et lui rend son amant, en répondant aux offres de Manon :

> Qu'il ne voulait rien pour ça.

Mais ce qui est à remarquer, comme un contraste avec nos mœurs actuelles, c'est la facilité avec laquelle on abordait le monarque. Ne chante-t-on pas dans la prière du déserteur :

> Le roi passait, et le tambour
> Battait aux champs. Une fille bien faite
> Perce la file, elle crie, elle court,
> Tombe à genour, en pleurs, le roi s'arrête,
> Le roi l'écoute.....

Le peuple est heureux lorsqu'une méfiance, malheureusement devenue nécessaire, ne met point de barrière entre lui et le souverain.

Vadé, parmi ses chansons grivoises, en a fait de fort jolies sur les évènements du temps, et le langage poissard donnait beaucoup de sel à la louange, qui devenait bientôt populaire.

Voltaire a fait au nom de Vadé l'honneur de le prendre pour pseudonyme dans plusieurs de ses facéties. Il publia en 1764 un volume intitulé : Contes de Guillaume Vadé, c'était sept ans après la mort de l'auteur de la Pipe cassée. Voltaire ne changea que les prénoms, et mit Guillaume au lieu de Jean-Joseph. Il fait dire à Catherine Vadé dans la préface : Je pleure encore la mort de mon cousin Guillaume Vadé, qui décéda comme le sait tout l'Univers, il y a quelques années. — Guillaume fut inhumé sans que personne en sût rien. C'est ainsi qu'il avait vécu ; car encore qu'il eût enrichi la foire de plusieurs opéras-comiques qui firent l'admiration de tout Paris, on jouissait des fruits de son génie, et on négligeait l'auteur.

Dans une lettre que Voltaire écrivait à madame du Deffant, le 7 de septembre 1774, il lui dit : Savez-vous que ce fut ce polisson de Vadé, auteur de quelques opéras de la foire, qui, dans un cabaret, à la Courtille, donna au feu roi le titre de Bien Aimé, et qui en parfuma tous les Almanachs et toutes les affiches ? Voltaire se trompait, ce fut Pannard, qui mit dans les fêtes sincères, en 1744, lors de la convalescence de Louis XV :

> Vive Louis le Bien-Aimé,
> Tous les cœurs l'ont ainsi nommé.

Et Voisenon dit, dans ses anecdotes littéraires :

C'est Pannard qui, dans un opéra comique, nomma le premier le roi le Bien Aimé. Ce trait seul aurait dû lui valoir quelque grace de la cour, pour secourir son indigence. Ce qu'il y a d'assez singulier dans l'épithète dont Voltaire flétrit ce pauvre Vadé, c'est que Pannard fait dire, dans sa pièce, au personnage qui annonce les couplets du chanteur public :

> La beauté du sujet a fait sa confiance :
> Daignez écouter sa chanson ;
> Elle n'est point d'un style polisson !

Tout le monde connaît la chanson épigrammatique :

> Le Bien Aimé de l'Almanach
> N'est point le Bien Aimé de France.

Vous voyez à présent, dit encore Voltaire, la mémoire du roi Bien Aimé poursuivie par ce même peuple qui était prêt à lui dresser des autels !

Que de choses on peut remarquer à propos d'une chanson !

DU MERSAN

## HISTOIRE DE Mlle MANON.

Qui veut savoir l'histoire entière,
De Manselle Manon la couturière,
Et de Monsieux son cher zamant,
Qui l'aimait zamicablement.

Ce jeune homme-cy, t'un beau Dimanche,
Qu'il buvait son d'mistier à la croix blanche,
Fut accueilli par des farauds,
Qui raccollent zen magner de crocs.

L'un d'eux ly dit : Voulez-vous boire
A la santé du Roi couvert de gloire?
A sa santé ? dit-il, zoui-dà;
I mérite ben c't'honneur-là.

On n'eut pas plutôt dit la chose,
Qu'un raccolleur ly dit & ly propose,
En lui disant en abrégé,
Qu'avec eux t-il est zengagé.

Oh! c'n'est pas comm'ça qu'on z'engage,
Répond le jeun' garçon, faisant tapage,
Yau guet! Yau guet! Yau guet! Yau guet!
Le guet vient pour savoir le fait.

Pour afin d'éclaircir l'affaire,
Le guet les mèn' tretous chez l'Commissaire
Qui condamne l'jeune garçon,
D'aller faire un tour t'en prison.

Ah! voyez-t-un peu l'injustice
De ces Messieurs les gens de la justice!
Ils vous jugeont sans jugement,
Sans savoir l'queul qu'est l'innocent.

Meissonier del.                    Nargeot sculp.

Sachant cela, Manon z'habile,
S'en va tout droit de cheux M. d'Marville,
Pour lui raconter z'en pleurant,
Le mâlheur de son accident.

Monsieur l'lieutenant de Police,
Soit par raison d'Etat ou par malice:
Dit: Man'sell', quoiqu' vous parlez bien,
Vot' serviteur; vous n'aurez rien.

Là-d'ssus, ate pauvre chère amante
Pleure encor un p'tit brin, pour qu'ça le tente,
Mais voyant qu'ça n'opérait pas,
Pour la Cour all' part de ce pas.

A Fontainebleau zelle arrive,
Quasi presque toute aussi morte que vive,
S'jette au cou de M. d'Villeroi,
Qu'alle prit d'abord pour le Roi.

Monsieux, vot' sarvante.... J'suis l'vôtre;
C'n'est pas moi qu'est l'Roi, dit-y, c'est un autre.
Mon enfant, t'nez, l'v'là tout là-bas....
Ah! Monsieux, je l'vois, n'bougez pas.

Sire, excusez si j'vous dérange;
Mais c'est que je ne dors, ne bois, ni ne mange,
Du depuis que l'amant que j'ai,
Sur vot'respect, est engagé.

On zy a forcé sa signature,
De signer un papier plein d'écriture;
Il ne serait point z'enrôlé,
Si y on ne l'avait pas violé.

Le Roi, qu'est la justice même,
Dit vous méritez qu'vote amant vous aime;
Puis lui fit donner mill' zécus,
Et le congé par là-dessus.

Ah! dit-elle, Roi trop propice,
S'il y avait quequ'chose pour vot'sarvice,
Je pourrions nous employer, dà....
L'Roi dit qu'il n'voulait rien pour ça.

De Paris regagnant la ville,
Elle reva de cheux M. d'Marville,
M'faut mon amant, rendez-le moi;
T'nez, lisez, v'là l'ordre du Roi.

Meissonier del.

Nargeot Sculp.

Il est trop tard, Mademoiselle.
Quand il serait encor plus tard, ly dit-elle,
M'faut mon amant, je l'veut avoir,
Non pas demain, mais drès ce soir.

L'Magistrat, voyant ben que c't'ordre
Allait lui donner du fil à retordre,
Fit venir le jeune garçon,
Et puis le remit à Manon.

Vous jugez comme ils s'embrassirent,
Et puis ensuite comme ils s'épousirent,
Et l'on entend dire en tout lieu
Que c'est un p'tit ménage de Dieu.

Filles qui faites les fringantes,
Parmi vous trouve-t-on de tell's amantes?
Profitez de cette leçon;
Vous aurez le sort de Manon.

# MANON LA COUTURIÈRE,

Avec accompagnement de piano par M. H. COLET, professeur d'harmonie au Conservatoire.

voir l'his-toire en - tie - re, De mam'sel - le Ma - non la cou-tu-

- riè - re, Et de mon - sieur son cher a - mant, Qui l'ai-

- mait z'a - mi - ca - ble - ment, Qui l'ai-mait z'a - mi - ca - ble-ment.

(Procédés de TANTENSTEIN et CORDEL, 90, rue de la Harpe.)

Paris, Impr. d' F. Locqoin 16, r. N.-D. des Victoires.

# ASMODÉE

## OU LE VOYAGE NOCTURNE,

### PAROLES ET MUSIQUE DE M. FESTEAU.

---

DESSINS DE M. J. BOILLY,

GRAVURES : 1re ET 4e PLANCHES PAR M. A. BOILLY. — 2e ET 3e PLANCHES PAR M. KOLB

Musique arrangée pour le piano par M. H. Colet.

---

## NOTICE.

On ne chante plus en France, disait l'autre jour un Monsieur qui passait devant le Théâtre du Vaudeville, à un de ses amis qui allait à l'Opéra-Comique, et ils s'arrêtèrent tous deux devant les vitres d'Aubert et Philippon, où était exposée la dernière livraison des Chants et Chansons populaires de la France. Un jeune homme en blouse et en casquette, mais propre comme le prince Rodolphe des Mystères de Paris, lorsqu'il est déguisé en peintre d'éventails, avait ôté de sa bouche son cigare, par galanterie pour les dames qui examinaient ce Musée en plein air, et il fredonnait l'air de Mamsell' Manon la Couturière, en disant :

« Ce Vadé était-il un drôle de chansonnier ! S'il vivait encore, nous l'inviterions à notre Société chantante.

— Est-ce qu'il y a encore de ces Sociétés-là ? lui demanda le Monsieur d'un air surpris.

— S'il y en a, Monsieur, répondit en souriant le Jeune Homme; la preuve, c'est que j'en suis d'une, et que je vais à plusieurs : et comme il faut une autorisation pour se réunir, même quand on se réunit pour chanter, je puis vous apprendre qu'il y a dans Paris et la banlieue, quatre cent quatre-vingts Sociétés chantantes autorisées.

— Je croyais la gaîté française moins vivace, reprit le Monsieur. Je croyais qu'on n'avait plus pour s'épanouir que les romans-feuilletons et la Gazette des Tribunaux.

— Pardon, Monsieur, dit le Jeune Homme : on a encore des Chansons ; et en supposant au minimum que les quatre cent quatre-vingts Sociétés chantantes n'aient chacune que vingt membres, cela fait, si je sais compter, neuf mille six cents chansonniers. Chacun d'eux fait sa Chanson tous les mois, or en multipliant leur nombre par douze, nous avons tous les ans cent quinze mille deux cents Chansons nouvelles. Voilà, j'espère, de quoi faire chanter les Français, et à mon avis, quand ils chantent, ils ne songent pas à mal faire. Ils oublient leurs fatigues de la semaine passée, et allègent leurs travaux de la semaine suivante, en fredonnant gaiment les refrains qu'ils ont appris dans l'intervalle d'une goguette à l'autre.

— Et comment retient-on toutes ces Chansons là ? demanda le Monsieur.

— On les imprime, reprit le Jeune Homme, en tirant de dessous sa blouse un petit volume. Voici celles de mon ami Festeau, cent vingt Chansons, trente-deux Airs gravés, paroles et musique du même.

— Qu'est-ce que Monsieur Festeau ? demanda le Monsieur.

— Un membre du Nouveau Caveau, un ami de Béranger qui ne chante plus, mais qui aime encore la Chanson : car, comme il dit : En France, la Chanson est une plante indigène. Si vous voulez, Monsieur, je vais vous faire sa biographie :

« Monsieur LOUIS FESTEAU est un des Chansonniers-Musiciens les plus féconds de l'époque ; ce qui ne l'empêche pas d'être joaillier, bijoutier et commerçant, moitié sédentaire et moitié cosmopolite, il prend, il butine partout des sujets de Chansons, tantôt balancé sur le lac de Genève, ou déroulant les montagnes de la Suisse, tantôt traversant les villes et les provinces de la France, il s'inspire, il s'exalte aux beautés de la nature, parfois aussi, un crayon à la main et rôdant silencieusement aux barrières et dans les rues de Paris, il suit, il saisit, il croque au passage et à l'improviste des sujets comiques et populaires dont plus tard il fait des tableaux, sur lesquels il module, il décalque des airs graves, originaux ou gracieux.

« Le pont d'un bateau à vapeur et l'impériale d'une diligence sont pour lui les cabinets d'étude où il élabore, où il châtie, où il compose ses Airs, ses Chansons et ses Poésies, c'est de là qu'il les lance dans les Sociétés chantantes et les goguettes qui fredonnent à l'intérieur et autour de la capitale.

« L'édition de ses Chansons, intitulée Les Éphémères, tirée à deux mille cinq cents exemplaires, a été épuisée en six mois ; la seconde édition, corrigée et augmentée, tirée à dix mille, est presque entièrement vendue ; enfin, un nouveau volume, toujours accompagné de musique, vient de paraître, et je l'emporte à mon atelier.

— Seriez-vous aussi Chansonnier ? demanda le Monsieur d'un air un peu ironique

— Pourquoi pas ? reprit le Jeune Homme, en relevant la tête. Parce que je suis ouvrier ? Notre patron, Maître Adam, était menuisier ; son ami Dereault, poète comme lui, était serrurier ; Olivier Basselin, le père du vaudeville, était foulon ; Favart était pâtissier, Sedaine était maçon, Réboul, le poète de Nismes, est boulanger. Et sans compter le perruquier Bearnais qui fait la barbe à beaucoup de ses confrères, et le chapellier de la rue Montmartre, dont beaucoup d'amateurs de chansons sont coiffés, il y a une grande quantité d'ouvriers qui savent lire, écrire, compter et chanter. Tenez, Monsieur, ajouta le troubadour en blouse, vous m'avez l'air d'un bon enfant : si vous l'êtes véritablement, acceptez mon invitation. Nous avons aujourd'hui une réunion, chacun de nous a le droit de présenter un convive : je vous engage à y assister. Cela vous amusera autant qu'une séance de l'Académie des sciences morales. »

Le Monsieur accepta par curiosité, et fut fort étonné de trouver des artisans dont les manières franches et gaies étaient assaisonnées de beaucoup d'esprit naturel. Il en sortit convaincu que le peuple français était le plus chantant de l'Univers

DU MERSAN.

## ASMODÉE

Hier, à l'heure où l'étoile scintille,
J'étais plongé dans un sommeil profond;
Un petit diable, armé d'une béquille,
Dans mon grenier entre par le plafond.
Avant, dit-il, de rêver à la noce,
Ami, veux-tu choisir dans les houris
Que l'amour sème en ce vaste Paris ?...
Partons ! lui dis-je en sautant sur sa bosse.
    Bon Asmodée, allons, allons toujours,
    Cherchons ailleurs l'hymen et les amours.

Par la fenêtre, après un vol rapide,
Nous nous perchons sur un brillant palais:
De là je vois une imposante Armide
Menant au doigt ses femmes, ses valets;
D'adorateurs une petite armée
A genoux flatte et son âme et ses sens
Sous les lambris où l'orgueil vit d'encens.
Le vrai bonheur s'évapore en fumée.
    Bon Asmodée, allons, allons toujours,
    Cherchons ailleurs l'hymen et les amours.

Un peu plus loin, sémillante et coquette,
Clara consulte un complaisant miroir ;
Un art cruel préside à sa toilette
Où tout se cache et se laisse entrevoir ;
Devant la glace, enjouée, ingénue,
Elle s'assied, pleur et rit aux éclats :
C'est l'oiseleur apprêtant ses appâts :
Gare au moineau que retiendra la glue !...
Bon asmodée, allons, allons toujours,
Cherchons ailleurs l'hymen et les amours.

Plus haut, que vois-je ? un salon à l'antique ;
Sur un divan repose une *Clairon*,
Qui, suspendant sa tirade tragique,
S'est endormie en maudissant Néron ;
Sous le manteau de Phèdre ou de Lucrèce,
Qu'elle est superbe et qu'elle a de talens !
Hélas ! Hélas ! pourquoi depuis vingt ans
Rend-elle heureux les Romains et la Grèce ?
Bon Asmodée, allons, allons toujours,
Cherchons ailleurs l'hymen et les amours.

A la lueur d'une pâle veilleuse
Zoé dévore un lourd in-octavo;
Ses yeux sont vifs, sa pose est gracieuse;
Chez elle s'ouvre... un sentiment nouveau.
Furtivement cette tendre vestale,
Dont le cœur cherche et poursuit un époux,
Prend chez *Ricard* son style à billet doux,
Et chez *de Kock* des leçons de morale.
  Bon Asmodée, allons, allons toujours,
  Cherchons ailleurs l'hymen et les amours.

Là-bas, drapant son foulard, sa pelisse,
Marche une femme au regard inspiré;
Elle est en feu comme la Pythonisse
Improvisant sur le trépied sacré:
C'est une Muse à la voix creuse et mâle;
Dans sa mansarde est l'immortel vallon;
En y grimpant, l'amante d'Apollon
A déchiré sa robe virginale.
  Bon Asmodée, allons, allons toujours,
  Cherchons ailleurs l'hymen et les amours.

Que vois-je encor ? c'est une jeune artiste
Aux doigts légers, aux modestes atours;
Son noir crayon, fidèle anatomiste,
D'un Spartacus arrondit les contours;
Dans chaque trait, chaque ombre, chaque ligne,
On aperçoit son goût pour les beaux-arts,
Rien n'est omis, tout s'offre à nos regards,
Tout...jusqu'aux plis de la feuille de vigne.
    Bon Asmodée, allons, allons toujours,
Cherchons ailleurs l'hymen et les amours.

Là, qu'aperçois-je auprès d'une croisée?
C'est une vierge aux mourantes couleurs
Veillant la nuit sur sa mère épuisée,
En lui cachant son travail et ses pleurs;
Ange aux yeux doux, que d'amour te réclame!
Pour captiver les époux, les amans,
Ton front n'est pas orné de diamans:
Mais Dieu versa des trésors dans ton âme....
    Bon Asmodée arrêtons pour toujours:
Je trouve ici l'hymen et les amours.

**ASMODÉE,** avec accompagnement de piano par M. H. COLET, professeur d'harmonie au Conservatoire.

Hi – er, à l'heure où l'é-toi-le scin – til – le, J'é – tais plon-

– gé dans un sommeil pro – fond; Un pe – tit diable ar-mé d'u-ne bé-

– quil-le En mon gre – nier en-tra par le pla – fond, A – vant: dit-

- il, de rê-ver à la no-ce, A - mi, veux-tu choisir dans les hou-ris Que l'amour

sême en ce vas-te Pa-ris? Partons, lui dis-je, en sau-tant sur sa bos - se, Bon As mo-

- dée, allons, al-lons toujours, Cherchons ailleurs l'hymen et les a -mours. Bon Asmo-

- dée, allons, al-lons toujours, Cherchons ailleurs l'hymen et les a - mours.

(Procédés de TANTENSTEIN et CORDEL, 90, rue de la Harpe.)

Paris. Impr. de F. Locquin, 16, r. N.-D. des Victoires.

# J'AI DU BON TABAC,

## VIEILLE CHANSON.

## JE N'AIMAIS PAS LE TABAC BEAUCOUP,

Conplet du Diable à Quatre, opéra de Sedaine, musique de Solié.

## LA PIPE DE TABAC,

Chanson du Petit Matelot, opéra de Pigault-Lebrun, musique de Gaveaux.

---

*DESSINS PAR M. STEINHEIL. — GRAVURES PAR M. LALLEMAND.*

---

## NOTICE.

Quoi qu'en dise Aristote et sa docte cabale,
Le Tabac est divin, il n'est rien qui l'égale,
Et par les fainéants, pour fuir l'oisiveté,
Jamais amusement ne fut mieux inventé,
Ne saurait-on que dire, on prend la Tabatière ;
Soudain à gauche, à droit, par devant, par derrière,
Gens de toutes façons, connus et non connus,
Pour y demander part, sont les très bien venus.
Mais c'est peu qu'à donner, instruisant la jeunesse,
Le Tabac l'accoutume à faire ainsi largesse.
C'est dans la médecine un remède nouveau.
Il purge, réjouit, conforte le cerveau,
De toute noire humeur promptement le délivre,
Et qui vit sans Tabac, n'est pas digne de vivre.

C'est ainsi que s'exprime Sganarelle, dans le Festin de Pierre de Molière, mis en vers par Thomas Corneille.

LE TABAC, que les naturalistes nomment Nicotiana Tabacum, est une plante originaire de l'Amérique, et c'est des habitants du Nouveau-Monde que nous avons reçu les premières leçons sur l'art de l'employer : mais les disciples ont surpassé les maîtres.

Vers le milieu du seizième siècle, l'Espagne et le Portugal reçurent le premier envoi du Tabac, on donna ce nom aux feuilles desséchées de la plante que les Américains appelaient Petum, parce qu'elles furent tirées de l'île de Tabago. Jean NICOT, ambassadeur de France en Portugal, en 1560, en envoya une petite provision à Catherine de Médicis, qui y prit goût, en sorte que le Tabac porta quelque temps en France le nom de l'Herbe à la Reine. Le cardinal de Sainte-Croix, nonce en Portugal, et Nicolas Tournabon, légat en France, le nommèrent chacun de leur nom ; et il eut aussi celui de Nicotiane, en l'honneur de Nicot. Pendant les premiers temps de l'importation du Tabac en Europe, chacun faisait sa provision en carottes, et les plus grands seigneurs râpaient eux-mêmes leur Tabac. Dans le roman de Gil Blas, lorsque le héros se présente chez don Mathias de Silva, il le trouve se balançant paresseusement sur un fauteuil, et râpant du Tabac. On trouve dans le Mercure Galant d'octobre 1705, une assez jolie Chanson sur la râpe au Tabac. Les râpes étaient souvent fort élégantes, et on en conserve dans les cabinets des curieux, qui sont en ivoire, et sculptées avec la plus grande délicatesse.

En Europe, le règne du Tabac en poudre précéda celui de la pipe ; mais bientôt l'un et l'autre usage fut également en vogue. Le Tabac, qui eut d'abord la réputation d'un remède à beaucoup de maux, eut cependant des ennemis parmi les médecins. Le célèbre Fagon, médecin de Louis XIV, fit soutenir une thèse publique où les pernicieux effets du Tabac étaient démontrés. N'ayant pu présider à la discussion, il se fit remplacer par un médecin, qui fut pour le Tabac un juge très sévère, mais qui pendant toute la séance puisa dans sa tabatière. L'auditoire écouta en riant ses arguments, et suivit son exemple.

Nous pourrions dire que le Tabac a été apothéosé, puisqu'il a trouvé sa place dans le Calendrier Républicain, où sa fête tombait le 16 messidor, 4 juillet, et remplaçait sainte Élisabeth.

On ferait une bibliothèque des écrits pour et contre le Tabac. Urbain VIII a excommunié ceux qui en prenaient dans les églises. Dans la Perse, dans la Moscovie, dans la Turquie, les souverains faisaient couper le nez à ceux qui en prenaient. Le sultan Amurat IV condamna les fumeurs à la mort. Que de condamnations il faudrait aujourd'hui ! on décimerait la population de la France, depuis que l'usage des cigares, qui nous vient des Espagnols, s'y est introduit. Le gouvernement, au lieu de le proscrire, l'encourage, d'autant plus qu'ayant le monopole de ce commerce, il tire 70 millions de cet impôt volontaire que s'imposent les fumeurs et les priseurs. Ceux qui nient la salubrité du Tabac, disent qu'on se portait fort bien, avant de mettre cette poudre noire dans le nez, ou de se gorger de la fumée qui produit la pituite au lieu de la chasser, en irritant sans cesse les glandes salivaires. Ce qui a été dit de mieux contre le Tabac, est dans les Œuvres de Voltaire, ce grand frondeur des préjugés et des ridicules. Ce fut d'abord une indécence aux femmes de prendre du Tabac. Voilà pourquoi Boileau dit, dans sa satire :

> Et fait à ses amants, trop faibles d'estomac,
> Redouter ses baisers pleins d'ail et de tabac.

Dufresny a fait une fort jolie Chanson, intitulée : le Tabac et les Éternuements. On trouve dans l'Encyclopédie poétique de De Gaigne, une pièce de vers d'un auteur anonyme, intitulée : l'Éloge du Tabac, où le poète en fait spirituellement toute l'histoire.

Pour satisfaire les amateurs de Chansons, nous en donnerons, ici, une peu connue, que l'on attribue à l'abbé De L'Attaignant. Je ne l'ai pas trouvée dans ses Œuvres, dont plusieurs passages semblent indiquer qu'il en est véritablement l'auteur. Du reste, si elle est bonne, peu importe qu'elle soit de lui ou d'un autre.

DU MERSAN.

---

### J'AI DU BON TABAC DANS MA TABATIÈRE, Chanson attribuée à l'abbé DE L'ATTAIGNANT.

J'ai du bon Tabac dans ma tabatière,
J'ai du bon Tabac, tu n'en auras
    pas.
  J'en ai du fin et du râpé,
  Ce n'est pas pour ton fichu nez.
J'ai du bon Tabac dans ma tabatière,
J'ai du bon Tabac, tu n'en auras
    pas.

Ce refrain connu que chantait mon père,
A ce seul couplet il était borné.
  Moi, je me suis déterminé
  A le grossir, comme mon nez (1).
J'ai du bon Tabac, &c.

Un noble héritier de gentilhommière,
Recueille, tout seul, un fief blasonné :
  Il dit à son frère puîné :
  Sois abbé, je suis ton aîné,
J'ai du bon Tabac, &c.

Un vieil usurier, expert en affaire,
Auquel, par besoin, l'on est amené,
  A l'emprunteur infortuné,
  Dit, après l'avoir ruiné :
J'ai du bon Tabac, &c.

Juges, avocats, entr'ouvrant leur serre,
Au pauvre plaideur, par eux rançonné,
  Après avoir patelliné,
  Disent, le procès terminé :
J'ai du bon Tabac, &c.

D'un gros financier, la coquette flaire
Le beau bijou d'or, de diamants orné.
  Le grigou d'un air renfrogné,
  Lui dit : malgré ton joli nez.....
J'ai du bon Tabac, &c.

Neuperg (2), se croyant un foudre de guerre,
Est, par Frédéric, assez mal mené.
  Le vainqueur qui l'a talonné,
  Dit, à ce Hongrois étonné.....
J'ai du bon Tabac, &c.

Tel qui veut nier l'esprit de Voltaire,
Est pour le sentir trop enchifrené
  Cet esprit est trop raffiné,
  Et lui passe devant le nez
Voltaire a l'esprit dans sa tabatière
Et du bon Tabac, tu n'en auras
    pas.

Par ce bon Monsieur De Clermont-Tonnerre,
Qui fut mécontent d'être chansonné ;
  Menacé d'être bâtonné,
  On lui dit, le coup détourné (3),
J'ai du bon Tabac, &c.

Voilà dix couplets, cela ne fait guère,
Pour un tel sujet bien assaisonné ;
  Mais, j'ai peur qu'un priseur mal né,
  Ne chante, en me riant au nez :
J'ai du bon Tabac dans ma tabatière,
J'ai du bon Tabac, tu n'en auras
    pas.

(1) L'abbé De L'Attaignant avait un fort gros nez.

(2) Le comte De Neuperg, chargé par la reine de Hongrie de la défendre, fut battu à Molwitz par Frédéric, le 11 avril 1741.

(3) Le comte De Clermont-Tonnerre, attaqué dans un vaudeville de l'abbé De L'Attaignant, ayant envoyé des gens pour le bâtonner, ceux-ci donnèrent la correction à un autre chanoine de Reims, qui lui ressemblait, et que depuis, chansonnier appela son receveur.

J'ai du bon tabac dans ma tabatière.
J'ai du bon tabac, tu n'en auras
Pas.
J'en ai du fin et du rapé,
Ce n'est pas pour ton fichu né.
J'ai du bon tabac dans ma tabatière
J'ai du bon tabac, tu n'en auras.
Pas.

Je n'aimais pas le tabac beaucoup ;
J'en prenais peu, souvent point du tout :
Mais mon mari me défend cela.
Depuis ce moment-là,
Je le trouve piquant,
Quand
J'en peux prendre à l'écart,
Car
Un plaisir vaut son prix,
Pris
En dépit des maris.

## LA PIPE DE TABAC

Contre les chagrins de la vie,
On crie et ab hoc et ab hac;
Moi, je me crois digne d'envie,
Quand j'ai ma pipe de tabac. *(bis)*
Aujourd'hui changeant de folie,
Et de boussole et d'almanach,
Je préfère fille jolie,
Même à la pipe de tabac. *(bis)*

Le soldat bâille sous la tente,
Le matelot sur le tillac;
Bientôt ils ont l'âme contente,
Avec la pipe de tabac. *(bis)*
Si pourtant survient une belle,
A l'instant le cœur fait tic-tac,
Et l'amant oublie auprès d'elle,
Jusqu'à la pipe de tabac. *(bis)*

Je tiens cette maxime utile,
De ce fameux monsieur de Crac :
En campagne, comme à la ville,
Fêtons l'Amour et le Tabac. (bis)
Quand ce grand homme alloit en guerre,
Il portait dans son petit sac,
Le doux portrait de sa bergère,
Avec la Pipe de Tabac. (bis)

LA PIPE DE TABAC, avec accompagnement de piano par M. H. COLET, professeur d'harmonie au Conservatoire.

Con-tre les cha-grins de la vi - e, On crie et ab hoc et ab hac; Moi, je me crois di-gne d'en-vi - e Quand j'ai ma pi-pe de ta - bac, Quand j'ai ma pi - pe de ta - bac. Aujourd'hui, changeant de fo - li - e, Et de boussole et d'al-ma - nach, Je pré-fè - re fil - le jo - li - e, Même à la pi-pe de ta - bac, Même à la pi-pe de ta - bac.

# MARGOT, (AIR PRIMITIF.)

CHANT.

*Allegro.*

Je n'ai – mais pas le ta – bac beau – coup, J'en pre – nais peu, sou – vent pas du tout. Mais mon ma – ri me dé – fend ce – la, Depuis ce mo – ment – là, Je le trou – ve pi – quant, Quand J'en puis prendre à l'é – cart, Car Un plai – sir vaut son prix, Pris En dé – pit des ma – ris.

# J'AI DU BON TABAC.

CHANT.

BASSSE.

J'ai du bon ta – bac dans ma ta – ba – tiè – re, J'ai du bon ta – bac, tu n'en au – ras pas. J'en ai du fin et du ra – pé, Ce n'est pas pour ton fi – chu nez.

(Procédés de TANTENSTEIN et CORDEL, 90, rue de la Harpe.)

* Il existe sur ces paroles un autre air qu'on trouve dans le DIABLE A QUATRE, musique de Solié.

Paris. Impr. de F. Locquin, 16, r. N.-D. des Victoires.

# LE PETIT MAÎTRE,

## CHANSON PAR FRANÇOIS DE NEUFCHATEAU,

### AIR DE LA CALOTINE.

---

*DESSINS DE M. TRIMOLET. -- GRAVURES PAR M. DESJARDINS.*

Musique arrangée pour le piano par M. H. Colet.

---

# NOTICE.

Les travers et les ridicules changent de nom et de formes, et restent au fond toujours les mêmes. On ne parle plus aujourd'hui des petits maîtres ; mais leur race n'est pas éteinte. On appela d'abord ainsi les jeunes gens de la cour qui prétendaient maîtriser les autres par leurs manières libres et hardies. Sous Henri III, le duc de Guise appelait le roi de Navarre son petit maître, et il traitait les autres de muguets. C'étaient ceux que dans cette cour corrompue on appelait les mignons. Le mot de petit maître ne fut généralement en usage que du temps où le duc de Mazarin, fils du maréchal de La Meilleraie, fut reçu en survivance de la charge de grand maître de l'artillerie ; on donna le nom de petits maîtres aux gens de qualité qui étaient du même âge que lui ; ce nom passa ensuite sans distinction à tous ceux qui prenaient l'air et les manières des gens de qualité. Vers le même temps parurent les raffinés, et sous la Régence, les roués. Jusqu'à la Révolution, on nomma toujours petits maîtres les élégants et les fats. Les auteurs de théâtre s'emparèrent de ce caractère qui succéda aux marquis de Molière et de Regnard. Molé et Fleury excellèrent dans ces rôles. Pendant la Révolution, les gens qui portaient la carmagnole et le bonnet rouge, appelèrent muscadins ceux qui conservaient dans leur toilette un peu de goût et de propreté. Après le 9 Thermidor, parut la jeunesse dorée de Fréron. A cette époque, les élégants exagérèrent leur costume et leur langage, ce qui leur fit donner les noms d'incroyables et de merveilleux : cela dura jusque sous le Directoire. On dit aussi ironiquement un mirliflore, et dans le grand monde, on beau ! Après la Révolution de Juillet, parurent les dandys, imitateurs des Anglais. Quant au mot lion, adopté dernièrement en France, c'est une fausse interprétation de l'expression anglaise, qui ne s'applique pas à une classe d'individus ; mais à la personne ou à la chose qui est momentanément l'objet de la curiosité ou de l'enthousiasme du public pendant quelque temps. On dit, quand on a vu le phénomène du moment, Y have kill'd a Lion, j'ai tué un lion ; ce qui signifie : J'ai vu, je n'ai plus besoin de voir le lion.

La Chanson du Petit Maître est un des premiers ouvrages de François de Neufchâteau, né en 1750, et dont le véritable nom était FRANÇOIS, fils d'un maître d'école de Sassay, petit village près de Neufchâteau-en-Lorraine. Espèce de phénomène littéraire, il n'avait que quatorze ans, quand on publia un petit volume de ses poésies. Depuis, il fut avocat du roi au bailliage de Vezelize, à vingt-un ans ; lieutenant-général civil et criminel au bailliage de Mirecour, à vingt-six ans ; député à l'Assemblée législative en 1791 ; enfin, ministre de l'intérieur, sénateur, membre de l'Institut, &c. On a de cet auteur, qui a commencé par être poète, et qui a fini par être homme d'état, plus de quarante ouvrages importants, ce qui prouve que l'on peut être un homme d'un grand talent et avoir fait des Chansons.                                    DU MERSAN.

LE PETIT MAITRE, avec accompagnement de piano par M. H. COLET, professeur d'harmonie au Conservatoire.

CHANT.

*Allegro.*

Ain-si doit ê - tre Un petit-mai-tre, Léger, a-mu-sant, Vif, complaisant, Plai

PIANO.

-sant; Rail-leur ai — ma-ble, Traitre a-do-ra-ble; C'est l'homme du jour Fait pour l'a - mour. D'un fa-de la

*Fin.*

- gage, D'un froid persiffla — ge, Il fait un vain é-ta-la - ge; Il veut tout savoir, Il veut tout voir, Sur tout il

- ca-ne, Et ri - ca-ne, Jugeant de tout Sans goût. De la femme qu'il au

- ra Bientôt il se lasse-ra, On s'attend bien à ce-la; Mais chacun a, De son cô - té, Même libe

- té, Et rien ne sera gâ-té, A peine on se voit Sous le même toit; Cha-cun, comme étran-ger, Veut vivre à sa

LE PETIT-MAITRE.

Ainsi doit être
Un petit Maître:
Léger, amusant,
Vif, complaisant,
Plaisant,
Railleur aimable,
Traître adorable:
C'est l'homme du jour,
Fait pour l'Amour.

D'un fade langage,
D'un froid persifflage,
Il fait un vain étalage;
Il veut tout savoir,
Il veut tout voir:
Sur tout il chicane
Etricane.
Jugeant de tout
Sans goût.

Ainsi doit être
Un petit-Maître:
Léger, amusant,
Et sur le ton plaisant;
Railleur aimable,
De tout capable.
C'est l'homme du jour,
Fait pour l'Amour.

De la femme qu'il aura,
Bientôt il se lassera.
On s'attend bien à cela ;
Mais chacun a de son côté
Même liberté.
Et rien ne sera gâté.
À peine on se voit,
Sous le même toit ;
Chacun, comme étranger,
Pour vivre à sa guise,
Et s'arranger,
Sans qu'on s'en formalise.

Ainsi doit être
Un petit-Maître :
Libre en ses désirs,
De plaisirs en plaisirs
Sans cesse il vole,
Toujours frivole,
C'est l'homme du jour,
Fait pour l'Amour.

L'esprit dégagé
De tout préjugé,
Un goût de caprice
Le prendra pour quelque Actrice ;
Il la meublera,
Et l'étalera ;

Et dans la coulisse,
D'un souper lui parlera....
Viens, c'est à l'écart,
Sur le Rempart...
Sa Désobligeante
Y conduit l'Infante.
Là, parlant d'abord,
Soupant après.
On donne essor
Aux malins traits:
L'absent a tort,
Et les bons mots
Sont les plus sots propos.
On parle Vers,
Concerts,
Bijoux,
Ragouts,
Chevaux.
Romans nouveaux,
Pagodes,
Modes:
On médit,
On s'attendrit,
On rit:
Grand bruit
Au fruit:

Ensuite, au Bal, on acheve la nuit.
Le matin, mis comme un Valet,
Pâle et défait,
Monsieur, dans un Cabriolet,
Part comme un trait,
Et pousse deux
Chevaux fougueux,
Qui secouant leurs crins poudreux,
Renversent ceux
Qui sont près d'eux;
Et s'échappant,
En galoppant,
Dans ce fracas,
Doublent le pas.
Notre moderne Phaéton.
Prenant un ton,
Va chez plusieurs femmes de nom,
Leur fait la cour, pour les trahir;
Les aime, comme on doit haïr;
Ensuite il envoye un Coureur
Chez le Maignan, chez l'Empereur,
Demander des assortimens.
Des rivieres de diamans.
Pour sa Déesse d'Opera.
Qui bientôt s'en rira.
Ainsi doit être, &c.

℥ *D. C.*

gui- se, Et s'arran- ger sans qu'on s'en for- ma- li- ̆se. L'esprit dé- ga- gé De tout pré- ju-

- gé, Un goût de ca- price Le prendra pour quelque ac- trice; Il la meublera, Et l'é- ta- le- ra, Et, dans la con-

- lisse D'un souper lui par- le- ra… «Viens, c'est à l'écart, Sur le rempart…» Sa désobli- geau- te Y conduit l'in-

- fan - te. Là: parlant d'a- bord, Sou- pant a- près, On donne es- sor Aux ma- lins traits, Et les bons

*tr*

mots Sont les plus doux pro- - pos. On par- le vers, Con- certs, Bi- joux, Ra- goûts, Che-

- vaux, Romans nouveaux, Pa- go- des, Mo- des. On médit, On s'at- ten- drit, On rit: Grand bruit Au fruit: En

*8va*

- suite au bal On a-chè-ve la nuit. Le matin, mit comme un va-let, Pâle et dé-fait, Mon-sieur, dans un cabrio-

-let, Part comme un trait, Et pous-se deux che-vaux fou-gueux, Qui, se - cou - ant leurs crins pou-

-dreux, Renversent ceux Qui sont près d'eux, Et s'échappant En galo-pant, Dans ce fracas Double le pas. Notre mo-

-der-ne Pha-é-ton, Pre-nant un ton, Va chez plusieurs fem-mes de nom, Leur fait la cour pour les tra-

-hir; Les ai-me, comme on doit ha-ir; En-suite il en-voie un cou-reur, chez le *Maignan*, chez *L'Empe-*

*-reur* Demander des assor-timents, Des ri-vières de di-amants, Pour sa dées-se d'opé-ra Qui bientôt s'en ri - ra.

D.C.

Procédés de TANTENSTEIN et CORDEL, 90, rue de la Harpe.

Paris, Impr. de F. Locquin, 16, r. N. D. des Victoires.

# LE RÉVEIL DU PEUPLE

## CONTRE LES TERRORISTES,

### PAROLES DE SOURIGUÈRE DE SAINT-MARC, MUSIQUE DE GAVEAUX

---

### DESSINS PAR M. DUBOULOZ.

GRAVURES : 1re ET 4e PLANCHES PAR M. NARGEOT. — 2e ET 3e PLANCHES PAR M. WOLFF

Musique arrangée pour le piano par M. H. Colet.

---

## NOTICE.

Le réveil du peuple fut le réveil du lion. On voulut bien lui faire croire qu'il avait dormi, quoiqu'à cette époque personne ne dormît bien tranquille, car on n'était pas sûr d'achever la nuit dans son lit. Toutefois, le 9 Thermidor avait ouvert les yeux de bien du monde sur le pouvoir effrayant des Jacobins et des Terroristes. La chute de Robespierre n'avait pas entièrement entraîné son parti, et ceux qui lui survivaient et qui voulaient continuer ses principes étaient appelés dérisoirement la Queue de Robespierre. Mais il fallait autre chose que du ridicule pour achever de terrasser l'hydre et de lui couper la queue. Collot-d'Herbois, Billaut, Vadier, et leurs adhérents, qui avaient concouru à la chute du tyran populaire, n'avaient voulu que se défaire d'un dominateur qui menaçait à chaque instant leur vie, leur désappointement fut grand quand ils virent se développer avec une rapidité irrésistible, la réaction née du 9 Thermidor. Ils retournèrent aux Jacobins, et voulurent refaire de cette assemblée anarchique leur centre d'action. Mais le 25 Vendémiaire an IV (16 octobre 1794), un décret de la Convention défendit toute association, fédérations ; et la jeunesse de Paris commença dès lors à livrer aux Jacobins une guerre acharnée. Des collisions, quelquefois ensanglantées, s'élevaient partout et à chaque instant, entre les oppresseurs de la veille et les vainqueurs du jour. Ce fut à cette époque que parut la Chanson du Réveil du Peuple, composée par Souriguère, mise en musique par Gaveaux, et chantée sur le Théâtre de l'Opéra. Bientôt elle courut les rues et les promenades, et fut dans toutes les bouches. On la chantait à la face des Jacobins, qui ripostaient par la Marseillaise, il s'ensuivait des rixes ; on demandait cette Chanson dans les Théâtres, et les batailles recommençaient.

Le 13 Brumaire (3 novembre 1794), Billaut-Varennes s'écria à la tribune des Jacobins : Que les contre-révolutionnaires ne s'imaginent pas qu'ils pourront triompher. Ces patriotes ont pu garder un instant le silence; mais le lion n'est pas mort quand il sommeille, et à son réveil, il exterminera tous ses ennemis.

Le lendemain, ces paroles furent dénoncées à la Convention, et Tallien y répondit avec vigueur ; enfin, le 19 Brumaire, un décret proposé par Rewbell, ayant ordonné la suspension provisoire des séances des Jacobins, et ceux-ci s'étant assemblés, au mépris du décret, les jeunes gens se chargèrent de le mettre à exécution. Les portes furent assiégées, les vitres cassées à coups de pierres, et l'enceinte envahie. En vain Duhem, armé d'un énorme bâton, tenta une sortie contre les assaillants ; ceux-ci se rendirent maîtres de la salle, d'où ils chassèrent les hommes à coups de pied, après avoir donné le fouet aux femmes. Le soir, les groupes se reformèrent plus menaçants ; mais un arrêté des Comités du Gouvernement ordonna la clôture de la Salle, et les clefs en furent portées au Comité de Sûreté générale.

Souriguère de Saint-Marc, auteur de la Chanson du Réveil du Peuple, était un poète peu connu, quoiqu'il eût fait quelques ouvrages dramatiques. Il était né dans les environs de Bordeaux, vers 1770. Ses ouvrages sont : Artémidore, tragédie, au Théâtre du Marais, en 1792 ; Myrtha, tragédie en trois actes, au Théâtre Feydeau, en 1776 : cette pièce, dont le sujet était révoltant, eut une chute complète ; Céliane, opéra, au même théâtre, et la même année, eut le même sort. Cécile ou la reconnaissance, petite comédie, au Théâtre Louvois, en 1797, fut mieux accueillie ; mais Octavie, tragédie, au Théâtre Français, en 1806, fut traitée avec une extrême sévérité, que l'on a tribua à la vengeance de ceux qu'il avait attaqués dans son **Réveil du Peuple.** On siffla dès le premier vers, et la pièce ne fut pas achevée. Le poète Lebrun, renommé par le nombre et le sel de ses épigrammes, avait fait la suivante contre le malheureux auteur :

A tes tristes écrits,  
Tu souris, Souriguère :

Mais et tu leur souris,  
On ne leur sourit guère.

En 1797, Souriguère coopéra avec De Beaunoir à la rédaction du journal **Le Miroir**; mais comme il était opposé au gouvernement d'alors, les deux rédacteurs furent condamnés à la déportation.

En 1809, Souriguère donna encore une tragédie de **Vitellie**, qui tomba comme les autres. Enfin, sa dernière apparition sur la scène littéraire et politique, fut en 1814, par un second **Réveil du Peuple,** qui n'eut pas la même vogue que le premier. Froissé par tant de chutes, Souriguère se résigna au silence, et tomba dans une telle obscurité que l'on ne sut s'il était mort ou vivant. L'**Almanach des Spectacles** de 1825 ne le porte plus sur la liste des auteurs dramatiques existants.

Son **Réveil du Peuple** est son titre le plus important. Les Jacobins y firent une réponse que nous croyons devoir donner ici pour satisfaire les curieux, cette pièce ne manque pas d'énergie, malgré les fautes de poésie que l'on y rencontre ; mais il eût été heureux que les Jacobins n'eussent fait que des fautes de cette espèce. DU MERSAN.

---

### LE VRAI RÉVEIL DU PEUPLE. — Air du Réveil du Peuple.

**1**

Peuple Français, peuple intrépide,  
Toi le destructeur des tyrans,  
Entends leur fureur homicide,  
S'élever contre tes enfants;  
Entends les cris, vois l'insolence  
Des muscadins, amis des rois;  
Ils menacent de leur vengeance  
Tous les défenseurs de tes droits.

**2**

De ces mignons la horde infame  
T'insulte, peuple souverain :  
Ils chassent tes enfants, ta femme,  
De tes palais, de tes jardins :  
Ils rompent, divisent les groupes,  
Ils outragent les citoyens,  
Et de leurs insolentes troupes,  
Poursuivent les républicains.

**3**

Merveilleux, jouant les victimes  
En cadenettes retroussées,  
Gardez ces froides pantomimes  
Pour les veuves des trépassés.  
Vos brunes à perruque blonde,  
Vous estiment ravissants ; mais  
Que fait pour le bonheur du monde  
La cadenette d'un Français.

**4**

Vous ne ruminez qu'hécatombes,  
Fer, vengeance, nobles efforts,  
Et vous soulèveriez leurs tombes,  
Pour combattre... ceux qui sont morts.  
Jeunes fous, courez aux frontières,  
Les cannibales sont Anglais.  
Quoi! vous craignez les étrivières!  
Et vous n'en voulez qu'aux Français.

**5**

A tes patrouilles ils résistent,  
Ils bravent le frein de la loi;  
Au sein des nuits leurs cris persistent  
A souiller l'air autour de toi.  
Ils se ceignent d'armes brillantes,  
Et ces jeunes efféminés,  
De notre jeunesse vaillante,  
Menacent les bras mutilés.

**6**

De nos légions victorieuses  
Pusillanimes déserteurs,  
Quelles blessures glorieuses  
Reçûtes-vous au champ d'honneur?  
Vous vous cachez loin des frontières,  
Vous avez fui hors des combats.  
Ah! du moins, respectez les mères  
De nos intrépides soldats.

**7**

Ils se disent des patriotes,  
Ces vils esclaves des tyrans ;  
De leurs égaux fougueux despotes,  
Du trône ils sont les partisans.  
Le mensonge vit sur leur bouche,  
Ils fondent sur lui leurs succès,  
Et leur haine impie et farouche,  
Brûle de perdre les Français.

**8**

Vainqueur du Germain, de l'Ibère,  
Conquérants du Waal et du Rhin,  
N'avez-vous bravé le tonnerre,  
Enduré la glace et la faim,  
Que pour voir au sein de la gloire,  
Changer vos lauriers en cyprès?  
Où faudra-t-il que la victoire,  
Vous livre encore des Français!

**9**

N'insultez pas, par votre faste,  
Aux maux que vous nous avez faits,  
Et d'une méprisable caste,  
Ne répétez pas les excès.  
N'insultez pas à la patrie,  
Aux héros morts pour son salut,  
A ceux que la rage ennemie  
A blessés, mais n'a pas vaincus.

**10**

O des boudoirs bande insolente,  
De débauchés impur amas,  
Troupe avilie et fainéante,  
Tremblez de voir armer nos bras.  
Ne rappelez pas de vos pères  
Les trop criminels attentats :  
Le peuple arrête sa colère,  
Ne l'appelez pas aux combats.

**11**

Législateurs d'un peuple libre,  
Renversez ces audacieux.  
Ils veulent rompre l'équilibre  
Que la loi fait peser sur eux.  
Votre serment est d'être justes,  
De maintenir l'égalité,  
Et les nôtres, non moins augustes,  
De mourir pour la liberté.

---

La chanson imprimée, qui se vendait et se chantait dans les rues, porte l'adresse de l'**Imprimerie de Gouriet,** rue Etienne des Grès, n° 9.

LE RÉVEIL DU PEUPLE

Peuple Français, peuple de frères,
Peux-tu voir, sans frémir d'horreur,
Le crime arborer les bannières
Du carnage et de la terreur;

Tu souffres qu'une horde atroce
Et d'assassins et de brigands
Souille de son souffle féroce
Le territoire des vivans.

Quelle est cette lenteur barbare?
Hâte-toi peuple souverain;
De rendre aux monstres du Ténare
Tous ces buveurs de sang humain!
Guerre à tous les agens du crime!
Poursuivons les jusqu'au trépas;
Partage l'horreur qui m'anime,
Ils ne nous échapperont pas.

9. Thermidor.

Ah! qu'ils périssent ces infâmes,
Et ces égorgeurs dévorans,
Qui portent au fond de leurs âmes,
Le crime et l'amour des tyrans!
Mânes plaintifs de l'innocence,
Appaisez-vous dans vos tombeaux!
Le jour tardif de la vengeance,
Fait enfin pâlir vos bourreaux.

*Ouverture des prisons après le 9 Thermidor.*

Voyez déja comme ils frémissent !
Ils n'osent fuir les scélérats :
Les traces du sang qu'ils vomissent,
Bientôt décéleraient leurs pas.
Oui nous jurons sur votre tombe,
Par notre pays malheureux,
De ne faire qu'une hécatombe
De ces cannibales affreux.

13 Vendémiaire

Représentans d'un peuple juste,
O vous!législateurs humains!
De qui la contenance auguste
Fait trembler nos vils assassins,
Suivez le cours de votre gloire,
Vos noms chers à l'humanité
Volent au temple de mémoire,
Au sein de l'immortalité.

La nature avec vous conspire
Contre tous les conspirateurs;
Par-tout la Tyranie expire,
Par-tout nos Drapeaux sont vainqueurs,
Le Stathouder a pris la fuite
Nous abandonnant ses Vaisseaux,
Et la Terreur marche à sa suite,
Digne compagne des Bourreaux.

# LE RÉVEIL DU PEUPLE,

Avec accompagnement de piano par M. H. COLET, professeur d'harmonie au Conservatoire.

Peuple fran-çais, peu-ple de frè - res, Peux-tu

voir, sans fré-mir d'hor-reur, Le crime ar-bo-rer les ban - niè - res Du carnage

et de là ter - reur? Tu souf fres qu'u - ne horde a -

- tro - ce Et d'as-sa - sins et de bri - gands, Souil-le de

son souf-fle fé ro - ce Le terri - toi - re des vi -vants.

Procédés de TANTENSZEIN et CORDEL, 90, rue de la Harpe.

Paris. Impr. de F. Locquis, 16, r. N.-D. des Victoires.

# HÉLOÏSE ET ABAILARD,

## ROMANCE PAR M. MARTIN DE CHOISY,

### DE MONTPELLIER.

### AIR DE MALBROUGH.

DESSINS PAR M. EMY.

GRAVURES : 1<sup>re</sup> ET 4<sup>e</sup> PLANCHES PAR M. DESJARDINS. — 2<sup>e</sup> ET 3<sup>e</sup> PLANCHES PAR M. MONIN.

Musique arrangée pour le piano par M. H. Colet.

# NOTICE.

Qui n'a pas entendu parler des amours et des malheurs d'Héloïse et d'Abailard! Il y a sept cents ans que cet amant infortuné est mort; vingt ans après on mit dans sa tombe sa fidèle Héloïse, qui lui avait survécu, et une tradition plus poétique que vraisemblable dit que, lorsque l'on déposa près de lui les restes inanimés de son amante, il étendit les bras pour la recevoir. Leur tombeau était à l'Abbaye du Paraclet, dont Héloïse avait été abbesse. En 1791, époque funeste où commencèrent des profanations qui s'étendirent jusque sur la cendre des morts, le tombeau d'Abailard et d'Héloïse qui avait été construit par les soins de Pierre le Vénérable, abbé de Cluny, ami d'Abailard, fut enlevé du Paraclet, et envoyé à Nogent, puis ensuite transporté au Musée des Monuments français. Ce petit édifice forme une espèce de chapelle entourée de colonnes, il a été composé sous la direction de M. Alexandre le Noir, avec différents débris d'architecture gothique. Aux deux statues couchées qui sont sur le tombeau proprement dit, et qui paraissent avoir été rétablies au 16<sup>e</sup> siècle, on adapta des têtes sculptées par M. Deseine, après avoir mesuré et dessiné l'ossification de celles des deux personnages. Le procès-verbal de la translation qui eut lieu en 1800, porte que la tête d'Abailard n'avait pas été trouvée entière, mais que celle d'Héloïse était complète, d'une belle proportion, son front d'une forme bien arrondie, et en harmonie avec les autres parties de la tête. On remarqua que les corps avaient été de grande stature et de belles proportions.

En 1817, le tombeau d'Abailard et d'Héloïse fut transporté au cimetière du Père Lachaise, où il est aujourd'hui le but du pèlerinage de beaucoup d'amants qui vont s'y jurer une fidélité éternelle, et déposer des couronnes sur la tombe de ceux qu'ils promettent de prendre pour modèles; mais souvent les serments sont oubliés avant que les fleurs de la couronne soient flétries!

Outre le pèlerinage du tombeau, les curieux font aussi quelquefois celui de la maison où logeait le chanoine Fulbert, oncle d'Héloïse, et dont l'horrible cruauté s'exerça sur Abailard. On voit encore cette vieille maison enclavée dans de mauvaises constructions sur le quai de la Cité, au coin de la rue Basse des Ursins et de la rue des Chantres. Les propriétaires ont scellé dans la muraille de la cour, deux têtes sculptées en bas-relief, et que l'on donne comme les portraits des deux amants; mais personne n'est forcé de croire à leur identité.

Cet Abailard si connu par ses amours, et par l'infortune qui en fut la suite, l'est beaucoup moins des gens du monde, par sa science et par sa philosophie. C'était un illustre professeur, homme supérieur à son siècle, et dont les succès lui attirèrent des persécutions. On le chassa de son école qu'il tenait à Melun, et il fut obligé souvent de donner ses leçons en plein air. De Corbeil il vint à Paris, où son éclatante célébrité lui attira de nouvelles persécutions. Ce fut là qu'il connut cette Héloïse, qui joignait à la plus grande beauté l'esprit et la science, et qui partagea bientôt la passion qu'elle avait inspirée à son maître. Nous ne dirons pas ce que tout le monde sait ; mais il est certain qu'un amour-propre malentendu les perdit. Un mariage secret les avait unis. Héloïse, à qui la prétendue gloire d'Abailard était plus précieuse que la sienne, nia leur union avec serment, et Fulbert irrité, aposta des gens qui entrèrent la nuit dans la chambre d'Abailard, et commirent sur sa personne la moitié d'un assassinat. Il se réfugia dans un cloître, Héloïse prit le voile : mais la séparation de leurs corps n'éteignit pas le feu dont brûlaient leurs cœurs. Il fallait un aliment à l'ame ardente d'Abailard ; sollicité par ses disciples de reprendre ses leçons publiques, il rouvrit son école, et l'affluence y fut si grande, qu'on assure qu'il eut jusqu'à trois mille auditeurs. On serait bien surpris aujourd'hui de connaître les sujets qui attirèrent cette foule. C'étaient des traités de théologie, des disputes sur les dogmes et les mystères, dans lesquels le professeur montrait de l'imagination, du savoir, de l'esprit, mais encore plus d'idées singulières, et de vaines subtilités. Parmi les détracteurs les plus acharnés d'Abailard, fut Saint Bernard, qui l'appela Dragon infernal, persécuteur de la foi, précurseur de l'Ante-Christ. Ce saint lui reprocha d'avoir fait DES CHANSONS ! Il en avait fait dans sa jeunesse, que n'en avons-nous une pour la mettre dans notre recueil ! Ce qui reste de plus intéressant des deux illustres et malheureux époux, c'est le recueil de leurs lettres, où leur amour chaste et platonique leur inspire une éloquence touchante. (Ces lettres latines ont été traduites et publiées en français, par Bastien, 1782). Tous ceux qui aiment la poésie, connaissent l'Épitre d'Héloïse à Abailard, par Colardeau, traduction en vers de l'anglais de Pope, et qui réunit la chaleur du sentiment à celle de l'expression.

Le théâtre pouvait difficilement accueillir le sujet d'Abailard et d'Héloïse, cependant il y a quelques années qu'il a été risqué sur le théâtre de l'Ambigu-Comique, et que le public populaire du boulevart y a pris un grand intérêt. En 1752, un M. Huys en avait fait un drame en cinq actes et en vers, dont la représentation eût été d'autant plus impossible, que les détails et le style portaient le cachet du plus mauvais goût : cependant il paraît avoir été fait sérieusement.

Mais comme il n'est pas de grande infortune, de chose noble ou touchante, que ce qu'on appelle l'esprit français ne se plaise à tourner en ridicule, il eût manqué à l'histoire d'Abailard et d'Héloïse d'être mise en parodie. Aussi, dans la nouveauté de l'air de Malbrough, en 1783, un Monsieur de Choisy, qui était l'un des grands fournisseurs de l'Almanach des Muses, commit au sujet des amants du Paraclet, ce que Voltaire avait commis pour la noble et infortunée Pucelle d'Orléans. Sa romance, imprimée dans plusieurs recueils du temps, est une de ces plaisanteries qui donnent une idée du goût de l'époque, et qui peuvent se placer à côté des romances de Daphné, par Marmontel, de Tarquin et Lucrèce, par Saint-Peravy, d'Orphée, de Virginie ; et de Héro et Léandre, par Scarron, qui avait donné le modèle du genre.

On ne saurait parler d'Héloïse, sans rappeler la Nouvelle Héloïse, de J.-J. Rousseau, titre qu'il donna à son ouvrage, parce que les deux personnages principaux sont réduits aussi à l'amour platonique, et qu'ils s'écrivent comme s'écrivaient Abailard et Héloïse. Mais quelle différence entre ces sentiments si passionnés et si vrais, exprimés par ceux qui les éprouvent, et ceux qu'invente un auteur. Quoique plusieurs de ces lettres soient admirables par la chaleur de l'expression, l'effervescence des sentiments, l'auteur a beau vouloir varier son ton, et prendre celui de ses personnages, on retrouve toujours J.-J. Rousseau discutant et déclamant, au lieu que dans ses modèles, on retrouve toujours Héloïse et Abailard.

DU MERSAN.

# HÉLOÏSE & ABAILARD

Écoutez, sexe aimable,
Le récit *(bis)* lamentable
D'un fait très-véritable,
Qu'on lit dans St Bernard,
Le Docteur Abailard.

Maître dans plus d'un art,
Précepteur de fillette,
Soupirait *(bis)* en cachette,
Pour la nièce discrète
Du Chanoine Fulbert.

Sous le même couvert,
Logeait le galant vert;
Son latin avec zèle

Il montrait *(bis)* à la belle
Et l'on dit qu'auprès d'elle
Il ne le perdait pas.

Mais un beau jour, hélas !  
Donnant leçon tout bas,  
Fulbert, avec main forte,  
Vint frapper *(bis)* à la porte,  
Entouré d'une escorte  
Nombreuse et sans pitié.  
Abailard effrayé,  
Et mourant à moitié,  
Quand on vint le surprendre,  

Lui faisait *(bis)* bien comprendre  
Un passage assez tendre  
Du savant art d'aimer.  
Il voulut s'exprimer,  
Mais sans trop s'informer  
L'Abbé prenant le drôle,  
Lui coupa *(bis)* la parole,  
Et le maître d'école  
Par force resta court.

Dans ce funeste jour
Ou vit pleurer l'amour;
Sans jeter feu ni flamme,
Refroidi *(bis)* pour sa dame,
Abailard, en bonne ame,
A Saint Denis s'en fut.
De Satan à l'affut,
Il trompa mieux le but
Que défunt Saint Antoine;

Car la main *(bis)* du chanoine,
De l'ennemi du moine
L'avait mis à couvert.
Voyant tout découvert,
Loin de l'oncle Fulbert,
La dévote Héloise
Qu'on avait *(bis)* compromise,
S'en fut droit à l'église
Du couvent d'Argenteuil.

On lui fit bon accueil;
Avec la larme à l'œuil,
Chaque sœur se récrie
Sur la main *(bis)* en furie
Qui trancha pour la vie
Le fil de ses amours,
Craignant les sots discours,
La belle pour toujours
Quitta ce domicile:

Abailard *(bis)* plus tranquille
Lui fit don d'un asyle,
Non loin de son couvent.
Héloïse, en pleurant,
Le mit en monument.....
Elle eut mieux fait d'en rire
Car avant *(bis)* qu'il expire
Elle pouvait bien dire:
« Ici gît mon amant. »

# HÉLOÏSE ET ABAILARD,

Avec accompagnement de piano par M. H. COLET, professeur d'harmonie au Conservatoire.

CHANT

E - cou-tez, sexe ai - ma - ble, Le ré - cit, Le ré-cit la-men-

PIANO.

- ta - ble D'un fait très vé - ri - ta - ble Qu'on lit dans saint-Ber - nard. Le

doc - teur A - bei - lard,    Mai - tre    dans plus    d'un

doc - teur A - bei - lard,    Mai - tre    dans plus    d'un

art. Pré – cep – teur de fil – let – te, Sou-pi – rait, Sou-pi-rait en ca-

art. Pré – cep – teur de fil – let – te, Soupi – rait, Sou-pi-rait en ca-

– chet – te Pour la niè-ce dis – crè – te Du cha-noi-ne Ful – bert. Sous

– chet – te Pour la niè-ce dis – crè – te Du cha-noi-ne Ful – bert. Sous

Procédés de Tautenstein et Cordel, 90, rue de la Harpe.

Fin.

Paris. Impr. de F. Locquin, 16, r. N.-D. des Victoires.

# PÈRE DE L'UNIVERS

### HYMNE CHANTÉ A LA FÊTE DE L'ÊTRE SUPRÊME,
#### Paroles de DESORGUES, musique de GOSSEC.

---

**DESSINS PAR M. DUBOULOZ.**
GRAVURES : 1ʳᵉ et 4ᵉ PLANCHES PAR M. MONIN. — 2ᵉ et 3ᵉ PLANCHES PAR M. WOLFF.

---

## NOTICE.

**LE PEUPLE FRANÇAIS RECONNAIT L'ÊTRE SUPRÊME ET L'IMMORTALITÉ DE L'AME.**

Telle fut la phrase qui fut placée sur tous les temples, par un arrêté du conseil général de la Commune, du 26 floréal an 2 (16 mai 1794), pour remplacer l'inscription : A LA RAISON, que l'on y voyait depuis que Chaumette avait fait célébrer une fête de cette nouvelle divinité, dont Robespierre, par dérision, l'avait surnommé le Grand-Prêtre. Quant à lui, il brigua un plus beau titre, celui de Pontife de l'Être Suprême, pontificat qu'il exerça un jour. En attendant qu'il fût Roi, il s'était fait Pape. En effet, ce fut Robespierre, qui, dans la séance de la Convention, du 18 floréal an 2 (7 mai 1794), avait fait un rapport sur les fêtes nationales et décadaires. Il y disait : Si l'immortalité de l'ame est un songe, elle est la plus sublime des conceptions humaines. — L'idée de l'Être Suprême et de l'immortalité de l'ame rappelle à la justice : elle est donc républicaine. — Il proposa un décret qui commençait par ces mots : Le peuple français reconnait l'Être Suprême et l'immortalité de l'ame. Cet article fut décrété d'enthousiasme et au milieu des acclamations. L'assemblée, dit le journaliste Perlet, s'est levée tout entière comme par respect pour la Divinité. Et tous ces Sycophantes rendaient immortelles soixante ames par jour, au moyen de la guillotine! Il fut donc décrété que le 20 prairial, une fête serait célébrée en l'honneur de l'Être Suprême, et le plan de cette fête fut confié au peintre et représentant du peuple, David, qui fit à ce sujet un rapport dont le style fleuri est un modèle d'emphase et de faux enthousiasme. Ce rapport est trop curieux pour que nous n'en donnions pas quelques morceaux, il commence ainsi :

L'aurore annonce à peine le jour, et déjà les sons d'une musique guerrière retentissent de toutes parts, et font succéder au calme du sommeil un réveil enchanteur. A l'aspect de l'astre bienfaisant qui vivifie et colore la nature, amis, frères, époux, enfants, vieillards et mères s'embrassent, et s'empressent à l'envi d'ordonner et de célébrer la fête de la Divinité.

David avait tout prévu : jusqu'à l'ardeur des jeunes républicains, jusqu'au sourire des femmes, jusqu'aux larmes qui devaient mouiller les yeux des vieillards, jusqu'à l'enthousiasme que devait produire le discours de l'orateur. Il invite le peuple à honorer l'auteur de la nature : il dit : Le peuple fait retentir les airs de ses cris d'allégresse. Tel se fait entendre le bruit des vagues d'une mer agitée, que les vents sonores du Midi soulèvent et prolongent en échos dans les vallons et les forêts lointaines.

Les inscriptions placées dans les Tuileries étaient curieuses. En voici quelques unes :

La Révolution est fille du ciel.

La Divinité a condamné les rois; le Peuple français exécute ses arrêts.

La Vertu ne s'imite pas : chacun est vertueux à sa manière. Etc, etc.

A dix heures du matin, la Convention parut sur un amphithéâtre dressé pour elle au milieu des Tuileries. Robespierre, comme président, fit un discours; et le journaliste dit qu'il renouvela ces prodiges de l'éloquence romaine que l'on concevait à peine; que son geste était expressif, son action animée; qu'il rappelait Cicéron dans la tribune aux harangues.

Après son discours, Robespierre descendit vers un monument de sapin et de toile peinte, qui représentait le monstre de l'Athéisme; il y mit le feu avec le flambeau de la Vérité. Les flammes eurent bientôt consumé cet athéisme enduit d'essence de térébenthine, et un changement de décoration fit paraître à sa place la Sagesse au front calme et serein.

David avait dit dans son programme qu'à son aspect, des larmes de joie et de reconnaissance couleraient de tous les yeux : je ne sais si l'on s'y conforma.

Alors on chanta quelques morceaux d'un hymne de Chénier, qui n'avait pas moins de vingt strophes; puis le cortège se mit en marche pour le Champ de la Réunion (Champ de Mars), où on arriva à 4 heures, escortant la Convention et un char traîné par huit bœufs et portant les emblèmes de l'agriculture. Les hommes marchaient d'un côté, les femmes et les enfants de l'autre. Au milieu du Champ de la Réunion on avait construit, à la place de l'autel de la Patrie, une vaste montagne hérissée de rochers et de plantes sauvages. Là fut chanté l'hymne de Desorgues, Père de l'univers; on prêta le serment de terrasser tous les ennemis de la République; enfin tout le monde s'embrassa fraternellement, et le reste de la soirée se passa à chanter et à danser patriotiquement. Il fit un fort beau temps dès la veille, ce qui fit dire aux journaux : Un ciel calme et serein semble annoncer que l'Être Suprême sourit à ce magnifique hommage rendu à sa toute puissance par le premier peuple de l'univers.

Les mêmes hommes qui avaient proscrit le culte catholique et traité de momeries ses cérémonies et ses processions, ne craignaient cependant pas d'amuser par ces mascarades un peuple toujours ami des spectacles.

Toutefois, les représentants avec leur habit bleu, et le grand pontife Robespierre avec sa coiffure en ailes de pigeon, en frac écourté, son gros bouquet de roses à la main, n'avaient pas la majesté d'un prêtre revêtu des habits sacerdotaux, marchant sous un dais, et portant le soleil d'or enrichi de diamants qui renferme la sainte hostie. Cette longue file de prêtres, de diacres, de chantres, en chasubles, en dalmatiques et en chapes enrichies d'or et de broderies; les enfants de chœur en aubes blanches, les corbeilles de fleurs, l'encens qui fume et s'élève au ciel, les chants religieux, et quelque chose de plus : la croyance, et l'ancienneté du culte, portent à l'ame une tout autre impression que les carmagnoles et les bonnets rouges des sans-culottes, les caracols et les baigneuses des citoyennes.

Robespierre lui-même semblait honteux du rôle qu'il jouait dans cette grotesque cérémonie. Il marchait seul en avant de la Convention, et ses collègues semblaient, en le laissant marcher ainsi et l'isolant d'eux, lui prédire qu'il avait été trop loin, et que le pontife serait bientôt victime. On dit qu'il en eut le pressentiment. Cinquante jours après, le pressentiment se réalisa, et le grand pontife de l'Être Suprême passa par l'échafaud, pour aller juger par lui-même de l'immortalité de l'ame !

Desorgues, auteur de l'hymne qui avait été chanté à cette fête, était contrefait, comme on le dit d'Esope et de Tyrtée; il était bossu par devant et par derrière. Il y avait en lui un mélange de la malignité du fabuliste et du génie lyrique du poète grec. Extrême en tout, il se passionna pour la République qu'il célébra dans ses chants. Son Hymne à l'Être Suprême est plein de noblesse et d'énergie poétique; il fut ensuite adopté par les théophilanthropes, chanté à leurs fêtes, et imprimé dans leur recueil. Cet homme original conchait dans un hamac; sa chambre était remplie de magots de la Chine.

Malgré l'exagération de ses principes, il lança contre le poète Lebrun, qui avait fait des vers à la louange d'un terroriste forcené, cette bonne épigramme, imitée de Saadi :

Oui, le fléau le plus funeste
D'une lyre banale obtiendrait des accords :
Si la peste avait des trésors,
Lebrun serait soudain le chantre de la peste.

Il avait chanté Bonaparte général et consul; il n'épargna point les sarcasmes contre Napoléon empereur. Un jour qu'il demandait une glace au café de la Rotonde, on lui en proposait une à l'orange et au citron : — « Non, dit-il, je n'aime point l'écorce (les Corses). » Dénoncé pour ce propos et une chanson insultante dont le refrain était :              Oui, le grand Napoléon
Est un grand caméléon,

il fut arrêté et renfermé dans l'hospice des aliénés, où sa tête acheva de se déranger. Il y mourut en 1808, n'ayant que quarante-cinq ans.

GOSSEC, auteur de la musique de l'hymne de Desorgues, naquit en 1733. Il fut un des directeurs du Concert-Spirituel, maître de musique de l'Opéra et de l'Ecole de chant, fit partie du comité de l'Opéra, fut membre de la classe des beaux-arts à l'Institut. Il a fait beaucoup de musique religieuse, et a donné plusieurs compositions dramatiques à l'Opéra et à l'Opéra-Comique. Sa lyre fut aussi fort républicaine : on lui doit le Camp de Grand-Pré, ou le Triomphe de la République, dont les paroles étaient de Chénier; le Serment républicain, un grand nombre d'hymnes pour les fêtes nationales. Un de ses chefs-d'œuvre est le bel O salutaris, trio sans accompagnement, qu'il improvisa en 1780 pour une fête patronale de village, et qui fut chanté par Cheron, Laïs et Rousseau. Gossec a été un prodige de longévité, car il est mort à cent un ans en 1834.

Nous terminerons par une observation assez curieuse : c'est que l'inscription Le Peuple français reconnaît l'Être Suprême et l'immortalité de l'ame, qui avait été mise au dessus de la porte de toutes les églises, même de celles des villages, fut effacée lors du rétablissement du culte catholique. Dans plusieurs endroits on se contenta de la badigeonner. Le temps a fait tomber le badigeon, et l'inscription a reparu. On voit encore dans le petit village d'Ermont, situé dans la vallée de Montmorency, et je l'ai lue distinctement cette année à Nanterre, sur le fronton de l'église de la bonne sainte Geneviève, patronne des Parisiens.                                                                            DU MERSAN.

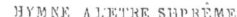

HYMNE A L'ETRE SUPRÈME

Père de l'univers, suprème intelligence,
Bienfaiteur ignoré des aveugles mortels,
Tu révélas ton être à la reconnaissance,
    Qui seule éleva tes autels.

Ton temple est sur les monts, dans les airs, sur les ondes;
Tu n'as point de passé, tu n'as point d'avenir:
Et sans les occuper, tu remplis tous les mondes,
    Qui ne peuvent te contenir.

Tout émane de toi, grande et première cause ;
Tout s'épure aux rayons de ta divinité :
Sur ton culte immortel la morale repose,
Et sur les mœurs, la liberté.

Pour venger leur outrage et ta gloire offensée,
L'auguste liberté, ce fléau des pervers,
Sortit au même instant de ta vaste pensée,
Avec le plan de l'univers.

Dieu puissant! elle seule a vengé ton injure;
De ton culte elle-même instruisant les mortels,
Leva le voile épais qui couvrait la nature,
Et vint absoudre tes autels.

O toi! qui du néant ainsi qu'une étincelle,
Fis jaillir dans les airs l'astre éclatant du jour;
Fais plus....verse en nos cœurs ta sagesse immortelle,
Embrâse-nous de ton amour.

De la haine des rois anime la Patrie,
Chasse les vains désirs, l'injuste orgueil des rangs,
Le luxe corrupteur, la basse flatterie,
    Plus fatale que les tyrans.

Dissipe nos erreurs, rends-nous bons, rends-nous justes,
Régne, régne au-delà du tout illimité;
Enchaine la nature à tes décrets augustes,
    Laisse à l'homme sa liberté.

**PÈRE DE L'UNIVERS**, avec accompagnement de piano par M. H. COLET, professeur d'harmonie au Conservatoire.

DESSUS.
HAUTE - CONTRE.
TAILLE.
BASSE.
PIANO.

Larghetto.
Très gracieux et religieux:

Pè - re de l'u - ni - vers, su - prême in - tel - li -

Pè - re de l'u - ni - vers, su - prême in - tel - li -

Pè - re de l'u - ni - vers, su - prême in - tel - li -

Pè - re de l'u - ni - vers, su - prême in - tel - li -

- gen - ce, Bien - fai - teur i - gno - ré des a - veu - gles mor - tels, Tu

- gen - ce, Bien - fai - teur i - gno - ré des a - veu - gles mor - tels, Tu

- gen - ce, Bien - fai - teur i - gno - ré des a - veu - gles mor - tels,

- gen - ce, Des a - veu - gles mor - tels,

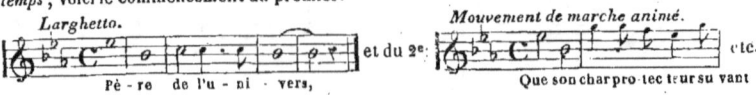

ré - vé - las ton être à la re-con-nais - san - - ce, Qui senle

ré - vé - las ton être à la re-con-nais - san - - ce, Qui seule

A la re-con-nais - san - - ce, Qui seule

A la re-con-nais - san - - ce, Qui seule

é - le - va tes au - tels, Qui seule é - le - va tes au - tels.

é - le - va tes au - tels, Qui seule é - le - va tes au - tels.

é - le - va tes au - tels, Qui seule é - le - va tes au - tels.

é - le - va tes au - tels, Qui seule é - le - va tes au - tels.

FF

(1)

Gossec a composé sur ces paroles deux autres chœurs en *mi* ♭, et dans la mesure à *quatre temps*; voici le commencement du premier.

*Larghetto.*

Pè - re de l'u - ni - vers,

et du 2e.

*Mouvement de marche animé.*

Que son char pro-tec-teur su-vant

etc.

(1) D'abord une voix chante seule, puis quatre voix entonnent les quatre parties, et enfin vient tout le chœur.

Procédés de TANTENSTEIN et CORDEL, 90, rue de la Harpe.

Paris. Imp r. de F. Locquin, 16, r. N.-D. des Victoires.

# DORMEZ DONC MES CHÈRES AMOURS,

## ROMANCE

Paroles et Musique de M. Amédée de Beauplan.

❖

# VIVRE LOIN DE SES AMOURS,

## ROMANCE

### MUSIQUE DE BOYELDIEU.

---

### DESSINS PAR M. E. DE BEAUMONT,

GRAVURES : 1ʳᵉ ET 4ᵉ PLANCHES PAR M. KOLB. — 2ᵉ ET 3ᵉ PLANCHES PAR M. DESJARDINS.

---

## NOTICE.

La romance Dormez donc mes chères Amours, est une de ces légères et gracieuses compositions que jette dans le monde, avec autant d'abondance que de facilité, un amateur dont tous les chants sont sur les pianos, et qui s'est fait une réputation dans la bonne compagnie. M. Amédée de Beauplan manie également la lyre et le pinceau; il y a quelques années qu'il a été honoré d'une médaille, pour un paysage exposé au Salon. Il a donné quelques vaudevilles, entre autres, la Dame du Second, aux Variétés; et la Villa Duflot, au Palais-Royal. Il s'est même élevé jusqu'à l'Opéra-Comique, où il a fait la musique du Petit Dragon. Mais ses succès les plus brillants sont ceux de ses romances, dont il fait lui-même les paroles et la musique. Tout le monde a chanté : Bonheur de se revoir, qui était une des favorites de Mᵐᵉ Malibran; Trompons-nous, le Pardon, suave mélodie, et ces chansonnettes si gaies et si originales de l'Enfant du Régiment et du Père Trinquefort. M. Amédée de Beauplan a commencé à se faire connaître, il y a une vingtaine d'années, et la romance que nous donnons ici est une des premières qui eut un grand succès. M. Scribe l'employa dans sa jolie pièce de la Somnambule.

> Vivre loin de ses amours,
> N'est-ce pas mourir tous les jours!

fut une des premières romances de Boyeldieu, ce musicien si gracieux, si élégant, qui a enrichi notre théâtre lyrique de tant de compositions charmantes. Ce célèbre compositeur naquit à Rouen en 1775. Il vint à Paris à l'âge de vingt ans, et se fit connaître comme habile pianiste, et par quelques romances pleines de charme. Il fut nommé professeur de piano au Conservatoire, et débuta dans la carrière du théâtre en 1797, par la Famille suisse. Il donna successivement Zoraïme et Zulnare, la Dot de Suzette, Beniowski, le Calife de Bagdad, Ma Tante Aurore. En 1803, il fut appelé à la direction de la chapelle de l'empereur Alexandre. Il composa à Saint-Pétersbourg plusieurs ouvrages, entre autres, Aline, les Voitures versées, la Jeune Femme colère, et Télémaque ouvrage du domaine du Grand-Opéra. De retour à Paris, en 1812, il prouva que sa verve n'était pas épuisée, en donnant Jean de Paris, le Nouveau Seigneur de Village, la Fête du Village voisin, le Petit Chaperon rouge; nous ne citons ici que les plus grands succès, il y mit le sceau par la délicieuse partition de la Dame Blanche, en 1826. Boyeldieu est mort en 1834, dans toute la force de son talent, après en avoir donné de nouvelles preuves dans son dernier opéra, les Deux Nuits.

L'Académie de Rouen a proposé en 1835, pour prix de poésie, l'éloge de Boyeldieu. Les Rouennais, fiers des noms de ceux de leurs compatriotes qui honorent leur ville, ont donné son nom à une promenade, le Cours Boyeldieu, où on lui a élevé une statue, comme ils en avaient déjà élevé une à Corneille, hommage qui honore autant ceux qui le rendent que celui qui le reçoit. DU MERSAN.

Nous devons à l'obligeance de M. HEU, éditeur de musique, l'insertion dans notre Recueil de la romance de M. A. de Beauplan, dont il a acquis la propriété.

## VIVRE LOIN DE SES AMOURS, musique de BOYELDIEU.

S'il est vrai que d'ê-tre deux Fut toujours le bien su-prê-me, Hélas!
c'est un mal af-freux. De ne plus voir ce qu'on ai — — me. Vivre
loin de ses a-mours, N'est-ce pas mourir tous les jours ? Vivre
loin de ses a — mours, N'est-ce pas mourir tous les jours ?

DORMEZ, DORMEZ, CHÈRES AMOURS.

Reposons nous ici tous deux.
Goutons le charme de ces lieux.
Qu'un doux sommeil fermevos yeux:
Que le bruit de l'onde se mêle.
Aux doux accents de Philomèle
Dormez, dormez, chères Amours.
Pour vous je veillerai toujours
Dormez, dormez, pour vous je veillerai toujours *(bis)*

C. Kolb

Au sein de ces vastes forêts,
Si l'ombre de ces bois épais
De votre cœur trouble la paix,
Chassez une crainte funeste,
Auprès de vous votre ami reste:
Dormez, dormez, chères amours, *(bis)*
Pour vous je veillerai toujours.

Vos yeux se ferment doucement,
Je vais chanter plus lentement:
Heureuse d'un songe charmant,
Puissiez-vous être ramenée
Aux doux instants de la journée!
Dormez, dormez, chères amours, *(bis)*
Pour vous je veillerai toujours.

Édouard de Beaumont.

VIVRE LOIN DE SES AMOURS.

S'il est vrai que d'être deux
Fut toujours le bien suprême,
Hélas ! c'est un mal affreux
De ne plus voir ce qu'on aime.
Vivre loin de ses amours.
N'est-ce pas mourir tous les jours ?

Chaque instant vient attiser
La flamme qui vous dévore,
On se rappelle un baiser
Et mille baisers encore.
Vivre loin de ses amours.
N'est-ce pas mourir tous les jours ?

Édouard de Beaumont.

La nuit en dormant, hélas !
Victime d'un doux mensonge,
Vous vous sentez dans ses bras :
Le jour vient.... c'était un songe.
Vivre loin de ses amours,
N'est-ce pas mourir tous les jours ?

Un tissu de ses cheveux
Est le seul bien qui me reste ;
Il devait me rendre heureux :
C'est un trésor bien funeste.
Vivre loin de ses amours,
N'est-ce pas mourir tous les jours ?

**DORMEZ, DORMEZ CHÈRES AMOURS**, nocturne à deux voix, paroles et musique de M. AMÉDÉE DE BEAUPLAN.

*Lent avec expression.*

PIANO.

SOPRANO.

Re-posons-nous i - ci tous deux, Goûtons le charme de ces lieux, Qu'un doux som-

TÉNORE.

Re-po-sons-nous i - ci tous deux, Goûtons le charme de ces lieux, Qu'un doux som-

- meil fer-me vos yeux: Que le bruit de l'on-de se mê - le

- meil ferme vos yeux: Que le bruit de l'on-de se mê - le

Aux doux ac - cents de Phi-lo - mè - - le. Dormez, dor-

Aux doux ac - cents de Phi-lo - mè - - le. Dormez, dor-

mez, chè-res a-mours, Pour vous je veil-le-rai toujours; Dor-mez, dor –

– mez, chè-res a-mours, Pour vous je veil·le-rai toujours; Dor-mez, dor –

– mez, chères a – mours, Dor –mez, Dor – mez, Pour vous je veil-le-rai tou-

– mez, chères a – mours, Dor-mez, Dor – mez, Pour vous je veil-le-rai tou –

– jours, Dor-mez, Dor – mez, Pour vous je veil-le-rai tou-jours.

– jours, Dor-mez, Dor – mez, Pour vous je veil-le-rai tou-jours.

Procédés de Tantenstein et Cordel, 90, rue de la Harpe

Paris. Imp. de F. Locquin, 16, r. N.-D. des Victoires.

# LA VEILLÉE,

## CHANSON

### PAROLES DE M. VILLEMONTEZ, MUSIQUE DE GAVEAUX.

---

DESSINS PAR M. G. STAAL.

GRAVURES : 1ʳᵉ ET 4ᵉ PLANCHES PAR M. NARGEOT. — 2ᵉ ET 3ᵉ PLANCHES PAR M. GEOFFROY.

---

# NOTICE.

La jolie chanson de la Veillée, dont l'air, employé dans plusieurs vaudevilles, est devenu populaire, est tiré d'un drame lyrique qui eut peu de succès, et qui est aujourd'hui entièrement oublié. Ce n'est pas que la pièce fût dépourvue de mérite, mais elle parut froide. Ceci aurait l'air d'un jeu de mots, attendu que la scène se passait dans les déserts de la Sibérie. Mais l'auteur, M. Villemontez, qui était homme de talent et qui écrivait bien, n'avait peut-être pas cette entente dramatique qui fait réussir au théâtre ; il n'a produit que ce seul ouvrage. Il avait pris son sujet dans l'histoire de Russie, d'où Laharpe avait déjà tiré sa tragédie de Menzicof. Cet illustre favori de Pierre-le-Grand, après avoir gouverné, sous trois souverains, le vaste empire de Russie, fut condamné à finir ses jours en Sibérie, dans le désert d'Iakoûtsk, à quinze cents lieues de Moscou, et sa chute fut l'ouvrage des Dolgorousky. Quelques années après, la fortune inconstante précipita les Dolgorousky du haut des grandeurs, où ils étaient montés sur la ruine de celui qu'ils avaient abattu, et ils furent à leur tour exilés dans le même désert où ils avaient relégué Menzicof.

L'auteur a cru ce rapprochement dramatique, et en effet, il produit des situations intéressantes, d'autant que la fille de Menzicof partage l'amour que le fils de Dolgorousky a conçu pour elle. Un jeune Français, fils de l'ambassadeur, et chargé d'une mission, jette quelque gaîté sur ce drame un peu sombre, dont l'auteur lui-même avoua modestement la faiblesse, en rendant justice au charme de la musique de Gaveaux, qu soutint l'ouvrage pendant quelque temps.

Parmi les airs détachés dans lesquels Gaveaux réussissait si bien, on remarque surtout les jolis couplets de Valmont, qui ont une teinte tout à fait anacréontique :

Il faut gaiment passer la vie :  
Le temps est prompt à s'envoler.  
Du plaisir la peine est suivie,  
Le plaisir doit nous consoler.  
D'un beau jour un léger nuage  
Doit-il empêcher de jouir ?  
Quel souci le printemps de l'âge  
Ne voit-il pas s'évanouir ?

Le matelot vogue sur l'onde  
Au gré des fougueux éléments :  
Courageux quand l'orage gronde,  
Joyeux quand renaît le beau temps.  
Ainsi que lui, pendant l'orage,  
Sachons espérer et jouir.  
Le chagrin est comme un nuage  
Qu'on voit bientôt s'évanouir

On remarque aussi la jolie chanson de la vieille Marguerite, qui a été longtemps répétée sous le titre de la Veillée d'Ovinska, et que nous ressuscitons après quarante-trois ans. La pièce d'Ovinska fut jouée le 20 décembre 1800, par l'élite de la troupe du Théâtre Feydeau, qui venait de s'élever comme rival de celui de l'Opéra Comique, qui l'égala souvent dans le genre léger, et qui le surpassa dans le genre noble et dans le drame lyrique.

Madame Scio, qui joua le rôle d'Ovinska, avait une puissance de moyens et de talents qui contribua au succès de la plupart des ouvrages joués sur le Théâtre Feydeau.

Cette actrice remarquable, dont le nom était Angélique Legrand, était née à Lille en 1770, et avait reçu une éducation soignée. Le goût du théâtre l'engagea à parcourir la province sous le nom de Mlle Crécy, et elle tint à Montpellier le premier emploi en 1787. Gaveaux l'y entendit, et la fit engager à Marseille en 1789. Ce fut là qu'elle épousa Etienne Scio, premier violon de l'orchestre. Ils vinrent ensemble à Paris, en 1791, au Théâtre Molière que venait d'établir Boursaut Malherbe, et Mme Scio passa enfin, en 1792, au Théâtre Feydeau, où l'attendaient les succès les plus brillants. Elle y créa Euphémie dans les Visitandines, Louise dans le Petit Commissionnaire, Calypso dans Télémaque, Léonore dans l'Amour conjugal, le Petit Matelot, Palma dans le Voyage en Grèce, Constance dans les Deux Journées. Elle s'éleva à la hauteur la plus tragique dans le rôle de Médée, tragédie-lyrique d'Hoffmann, pour laquelle Cherubini avait fait une musique aussi riche que savante. Non seulement elle y fut grande cantatrice, mais elle dit les vers en habile tragédienne.

Déjà dans Roméo et Juliette elle avait mis tant d'ame et d'expression, que Steibelt, dirigeant à Londres une répétition de sa Camille et peu satisfait des cantatrices italiennes, s'écria : Où est madame Scio!... Et cependant Mme Scio n'était presque pas musicienne ; mais il était impossible de s'en apercevoir, tant elle avait l'oreille musicale, tant elle avait d'aplomb pour la mesure et de justesse dans la voix. Les efforts surnaturels auxquels l'entraînait une ame ardente, et sa passion pour son art, l'épuisèrent de bonne heure ; elle mourut à trente-sept ans, en 1807, des suites d'une phthisie pulmonaire. Elle chantait dans l'opéra d'Ovinska, avec l'accent le plus noble et le plus dramatique, la romance suivante :

L'éclat d'une vive lumière
A brillé jusqu'au fond du Nord.
Au seul souvenir du czar Pierre
Le cœur éprouve un doux transport.
Pour ranimer notre courage
Dans les plus pénibles travaux,
Rappelons-nous que ce héros
Mit aussi la main à l'ouvrage.

Que de peines, de soins à prendre
Pour former un peuple grossier !
Le vainqueur d'un autre Alexandre
Ne rougit pas d'être ouvrier.
Tout l'univers, qui le contemple,
Le voit travailler de ses mains.
Un grand homme lègue aux humains
Et ses vertus et son exemple.

La romance de la Veillée était chantée par l'excellente Mme Desbrosses, comédienne remplie de talent et surtout de naturel. Cette actrice avait débuté en 1780 dans l'emploi des soubrettes ; elle se risqua en 1795 dans celui de Mme Dugazon, qui était alors dans la vogue de ses succès. Cependant la jeune actrice fut applaudie et redemandée, honneur qui n'était pas alors aussi banal qu'aujourd'hui. Mme Desbrosses prit ensuite les rôles de duègnes. Elle a joué pendant près d'un demi-siècle ; elle s'est retirée en 1829, et vit encore extrêmement âgée.

A l'époque où l'on joua Ovinska, les pièces russes, suédoises et polonaises semblaient être à l'ordre du jour. A Lodoïska, à Coberne ou le Pêcheur suédois, avait succédé, à l'Opéra Comique, le Béniousky de Boyeldieu. En 1801 on avait joué aux Français la tragédie de Phædor et Waldamir de Ducis, qui n'eut pas de succès ; le théâtre était à la glace. Ce fut aussi vers cette époque que la manie des émigrations en Russie prit aux artistes, et qu'ils allèrent chercher fortune sur ces bords qui plus tard nous furent si funestes! Cette manie fut frondée dans plusieurs vaudevilles, et en 1803 j'en fis un intitulé : Je vais en Russie. On ne sera peut-être pas fâché de savoir que ce fut dans cette pièce que fit son premier début le célèbre Odry, qui depuis est devenu si fameux dans le Bilboquet des Saltimbanques. Il me doit sa première et sa dernière création à trente-cinq ans d'intervalle.          DU MERSAN.

LA VEILLÉE.

Heureux qui dans sa maisonnette,
Dont la neige a blanchi le toit,
Nargue le chagrin et le froid
Au refrain d'une Chansonnette.
Que les soirs d'hyver sont charmants
Lorsqu'une famille assemblée,
Sait, par divers amusements,
Egayer, égayer la veillée.

Assis près de sa bien aimée
Voyez le paisible Lapon,
Lorsque la neige à gros flocon
Tombe sur sa hutte enfumée.
Autour du feu dans son réduit
La famille entière assemblée,
Semble trouver six mois de nuit
Trop courts, trop courts pour la veillée.

J'aime surtout une soirée
Où l'on parle de revenants,
Alors qu'on entend tous les vents
Souffler autour de la contrée.
A ces récits intéressants
Toute la troupe émerveillée,
Tremble, écoute et voudrait longtemps
Prolonger, prolonger la veillée.

C'est au hameau, dans une étable.
Qu'on se rassemble chaque soir.
Les vieilles ont le dévidoir.
Les vieux ont le broc sur la table.
Les jeunes garçons amoureux
Des fillettes de l'assemblée,
Abrègent par des chants, des jeux,
De l'hyver, de l'hyver la veillée.

# LA VEILLÉE.

Avec accompagnement de piano par M. H. COLET, professeur d'harmonie au Conservatoire.

CHANT.

Heu-reux qui, dans sa mai - son - net - te, Dont la

PIANO.

neige a blanchi le toit, Nar-gue le cha-grin et le froid, Au refrain d'u-ne

chan - son - net - - te. Que les soirs d'hi - ver sont char-

-mants, Lorsqu'u-ne fa – mille as-sem-blé – e, Sait par di-

-vers a – mu-se – ments, E-ga-yer, E-ga – yer la veil-lé –

2ᵉ COUPLET.

-e. As – sis près

Procédés de TANTENSTEIN et CORDEL, 90, rue de la Harpe.

Fin.

Paris. Imp. de F. Locquin, 16, r. N.-D. des Victoires.

www.ingramcontent.com/pod-product-compliance
Lightning Source LLC
Chambersburg PA
CBHW061442030726
47503CB00005B/1523